热带树

袁 博／著

上海文艺出版社
Shanghai Literature & Art Publishing House
上海故事会文化传媒有限公司

目录

人物介绍

木禾：文学少年，带着文学的梦想来到深圳湾中学，校文学社社长。简洁、洒脱，欣赏尔雅一样纯净的女生。由于他的优秀与干脆，嫉妒他的人拿他无可奈何。但当他面对比他显得更出彩的阳光少年尚天时，他暴露出了内心的怯弱。

尔雅：清朗朗的女生，心灵纯粹得不染纤尘，周围四溢因时节而变幻的花香。喜欢自然，喜欢勾勒云的轮廓，喜欢捕捉风的味道，喜欢在校园小径上欣赏野花，珍惜岁月与时光。

小松：年幼时的复杂经历使他心灵扭曲。他恨这个世界，恨比他优秀的人，不相信爱。他有着一颗强烈的好胜心，为战胜别人不惜一切。但是，他内心深处也有一种温暖在不时召唤着他。

尚天：校园歌手，tropical tree 乐队主打，文学少年，是学长级人物。会弹吉他，唱很劲爆的流行音乐。个性天真、直率、阳光，深受女生喜爱。

老任：青春而充满动感的教师，曾是深圳湾中学的毕业生，更像是一个大学长。为人真诚，坚守了和女友13年的爱情，球迷的狂热爱好者，口号是：生命在于运动。

子凡：台湾籍学生，思维简单，总是干些惹人发笑的滑稽事，是木禾的得力助手。

桔子：喜欢青春流行小说的女生，特别崇拜木禾，是尔雅的好姐妹。

"让我当文学社社长吧！"一个少年闯进校文学社老师办公室，将一叠厚厚的资料丢在办公桌上。

　　十六岁的木禾就是这样闯进深圳湾中学的。

一

"轰——呼——轰！"

潮去潮回，拍打着看不见的海岸线，溶解在撩起鬓角的海风中的是心跳般的海涛声。

透过黎明朦朦胧胧的海雾，巨大的起重机将一只只花花绿绿的集装箱高高吊起。

深圳湾中学，早安。

木禾斜挎背包，踩在校园湿漉漉的小径上。风迎面吹来，舞起他雪白的衣衫，还有一片青翠色树叶，树叶越飞越高，不一会儿就飞到天外他看不见的地方了。

他走着，微闭起双眼，好更真实地感受一下风的呼吸。

他喜欢风，喜欢海风，喜欢有海风的地方。他出生在北方的一座滨海小城，沿着海岸线，他已随父母漂过了大半个中国。在不同的海滨城市，看见的同样是蓝蓝的海面，呼吸的却是不一样的海风。

海风的味道不一样。

"……是九月，不同的季节有不同的花香，空气的味道也就不一样。"清朗朗的女声透过变幻着方向的海风叩进他的耳畔。

他侧过身。

海风拂起小瀑布般的一潭黑发，风停止后，长长的头发懒洋洋地披在她白色的女生校服上。

他没看清她的面部表情，只觉得她慵懒地打了一个哈欠。不知为什么，他嘴角忍不住微微抬起。

他停下来。

女生蹲下身来，拨弄路边的一朵野菊花，小心翼翼地从精致的白色背包中取出一个小瓶子，细长的指尖将一个小花盘掐下，轻轻放进瓶中。

他突然想拍一下她的肩膀。

但，没有任何理由，于是，他踢起脚步。

她起身，然后侧过脸庞。

四目对视。

好一个不染纤尘的少女！

她笑了笑，将瓶子慌忙塞进背包，握住背包的带子，转身向教学楼走去……

木禾久久伫立，希望她能回一下头。却没有。

"11班的男孩、女孩们，早上好！"一个身穿紧身衣的男青年潇洒地打了个响指，大步跨进教室，"新的学校，新的学期，新的开始。祝你们高中生活的第一天过得精彩！"

教室里翻动桌椅的声音戛然而止，忽然很安静。

"我叫任逸飞。"男青年在黑板上飞快写下三个秀气而又张扬的草书字，在头一个字头标了 rén，"你们的语文老师兼班主任。"

啪！不知谁首先拍掌，随后是排山倒海般的掌声，甚至有人拍起了桌子。"哇！帅哥！"有人发出了一声尖叫。宁静的教室就这样沸腾了。

"停！"任老师拿黑板擦重重地拍向讲台，讲台下个个都闭起了嘴巴。

"你们不要听信'高一玩一年，高二忙一年，高三苦一年'的谎言，别以为你们的学习基础很好，就可以混过高中。看过入学摸底考试的成绩了吗？我们班语文平均分全年级倒数第一！"任老师显然有些生气，柔和的男低音中多了些急躁。

"不过，这也是个别人的原因，不能怪大家。但是，我希望能了解一下情况，在新学期有一个好的开始。"

"好，小松，请陈述一下你语文交白卷的原因。"

一个深色皮肤的高大男生从后门边霍然站起，说："不喜欢。"非常出乎意料的回答。

"不喜欢什么？"

"不喜欢语文。而且……那天我病了。"他优雅地甩甩手，径自打开后门。

"你去哪里？"任老师忙下讲台。

"我不太舒服，有人在那里等我。"小松头也没回，拐向走廊。

任老师一个箭步冲出前门。

教室里又响起了耳语。

木禾侧过头，望向窗外。

高耸的云山从海面升起，是一个巨大的倒锥形，很像宫崎骏动画《天空之城》城堡外层的龙穴。

"好看吗？那是砧状云，是很多很多积云组成的，下午就要下雨了，不过只是小雨。"一个曾听过的好听的声音传到木禾耳畔。

要下雨了……只是小雨……

木禾朝窗下看去，如瀑的一潭秀发自然地倾泻在白衣飘飘的肩膀。

她指着窗外，细致地朝同桌讲解着，用指尖勾勒出砧状云的轮廓。

"尔雅……"她的同桌的话他没听清，只捕捉到了这两个字。

她叫尔雅。

过了一会儿，她不说话了。雪白的手腕轻轻托起脸面，凝神眺望远方的云山。

他和她一起望向窗外，心往远处。

不知何时，他发现尔雅已经转过身来，在看他，或者是他这边的方向。

他不知自己做出了什么表情。

她还是笑了，这似乎是一个很爱笑的女生。可以看出，她真的很高兴。

时间，就这样，在秋日的上午静静地展开。许多年后，当他转头回去看看时，看到的竟是一个梦幻般的早晨。那天，雨刚刚停，有云，有山，有海雾。使教室显得格外明晰的是温煦而辽远的阳光。

"离下课还有五分钟,就先安排一下班委吧!"任老师站在讲台上,神情有些疲惫。

"谁当班长?自告奋勇。"

"我。"木禾从座位上站起,全班四十几双眼睛同时射向这个少年。

木禾坐在讲台前,统计班级名单。

"Hi,麻烦问一下,"银铃般的女声轻轻响在他的耳边,不知何故,心头掠起一丝忙乱,"这道数学题怎么做?"一本《暑假作业》呈在桌前。

好认真的女生。

他侧过身,是尔雅,学习委员。

一阵甜丝丝的香气浸在空气里,好像是将冰激凌与糖果揉碎了。后来,他听尔雅说,那是九月的气息,是香草的味道。

他盯着那几行夹杂着不少数字的宋体字看了一会儿。不知多久,总之,上课铃又响了。

他真的不会做,想到自己的《暑假作业》数学部分,也是大片的空白。

"我不会做,问老师吧。"他最终挤出了这几个字。

"没关系。"尔雅的声音还是那么好听。

"就这样解。"一个手掌拍了一下黑板,语气中很不耐烦。

十几行密密麻麻的数字占据了半个黑板,是些笔力很硬的黑板字。

"两边平方再算就行了。"电脑教学员小松冷冷地丢下半句话,将粉笔扔在讲台上。

"你,起来!"小松手指木禾。

也许应该起来,但木禾不想动。他盯着小松,没说话。

"上课了,要打开电脑投影仪。"小松将双手插进口袋,语气稍微平缓了些。

木禾走下讲台,瞥见尔雅伏在讲台前,认真记着什么。

木禾还没坐下,一个汗淋淋的家伙就挤进来了。木禾刚想要问,就看到他捧住双手,摆了一个作揖的姿势。

"借问,有纸巾吗?"这家伙的脸涨得红红的,吐着舌头,很像夏天路边总是吐着舌头的一种动物。

木禾慷慨地抽出一包纸巾。

"谢谢!谢谢!!谢谢!!!"他双手舞动,连忙抽出三张纸巾,敷在脸上,倒向椅背,长长地吐着舌头。

木禾回想一下他的六个"谢"字,发觉很像某部电视剧中的语气。

木禾是一个对声音特别敏感的人，他饶有兴致地看着这个男孩。

突然，男孩又摆了一个作揖的 Pose："拜托，教我大陆拼音啊！教我大陆语文啊！天哪，太恐怖了，我国语得了 0 分哪！"男孩紧紧抓住木禾修长的胳膊，瑟瑟发抖，好像有天外来客空袭。

座位后的两个戴卡通手链的女生笑得将桌子敲得咚咚响，男孩突然撤下双手，双眼无辜地望来望去，不知所措。

他目光一闪，找到了解决办法，他摇着木禾的右手，仿佛是作自我介绍："班长大人，我叫徐子凡，来自台湾，你的新同桌，多多指教。"

后座的女生强收住笑容，故作镇静地说："台湾歌星子凡，请为你的粉丝献上一首歌吧！"

"对啊，对啊！"另一个女生也在期待。

"我为大家献上子凡版的《东风破》。"子凡毫不犹豫地亮开歌喉。

11 班教室马上成了全教学楼噪音的中心源。

直到级长露面，教室的狂笑方止。

可惜，子凡背对着门，还在高歌着严重跑调的《东风破》。

"按惯例，在高中的第一个学期要进行研究性学习。"任老师跳上讲台，就像一个大男孩，"大家不用紧张，研究性学习可能会是你们最喜欢的一种学习方式，是我校从美国中学教育中借鉴的一种学习理念。"

任老师忍不住像一个孩子一样偷笑，伏在讲台前，做出一副神秘的表情，讲桌前的几个女生也跟着瞪大了眼睛，不知任老师洁白的牙齿中将跳出怎样的话语。

"嘿！"就连上课总捏着下巴一动不动的小松也惊得抬起了头，"跟你们这些小弟、小妹说实话吧，我不仅是你们的班主任，也是你们的老学长，是深圳湾中学实行课外研究活动的第一届学生。"任老师又摆出一副得意的神情，让人联想起年少就坐断东南江山的孙权，"当年老师刚下达课外研究活动的指令，我们就拉帮结派，三五成群，成立了一个个攻占课题的小团伙。在我的率领下，我们小组的研究成果被评为年度最佳。看到楼下那封《关于科索沃冲突致联合国的信》了吗？上面还印有我任逸飞的大名呢！"

"不过，在这种课外活动过程中，我最大的收获还是交了几个铁哥们，还有……"任老师坏坏地一笑，仿佛是一个调皮的少年，"哎呀，不说了！今天班会，把时间交给你们，现在，我们班就成了'人才交流会'，下课后，你们把小组'组阁'结果交给木禾，我休息去了！"老任（后来班里的学生都这么叫）飞快看了一下表，小跑出去。

到门口时，他突然转身："木禾，把教师节时收集的同学们对老师的建议拿给我。"

桌椅移动的声音此起彼伏。

"班长，无缘了！"子凡张张双手，有些无奈地说。他被后座爱说爱笑的两个女生拉去，做《台湾流行声乐》的课题了。

"没事。"木禾笑笑。

木禾将身子左转 90 度，看到的是她的半张侧脸，在很娴静地远望天边的火烧云。

教室中的色彩似乎骤然明快了很多，难以分清是何种明快。

木禾走了过去。

"研究性学习，可以和你合作吗？"木禾试图显得自然一些，语气中却还是有些生硬。

然后……

"好啊。"很快的回答，然后是年轻的笑容。

"喂。"木禾感觉肩膀被重重地拍了一下——是小松。

"哲学是一门很重要的生存之术。在你最危险、在生命的谷底时，它可以拯救你，让你能活下来！"小松盯着他，很认真地说着，尽管木禾不知道这句话的起因是什么……

就这样，小松加入到了木禾和尔雅的小组。

"现在的孩子们！"看完了一大叠红红黄黄的建议书后，老任仰在椅背上。

除了少数几封简单的"教师节快乐"外，其余的信在信头、信尾甚至是通篇少不了："任老师，你的气质使你成为了我们的偶像。""任老师，你是我心中的偶像！"

老任下意识地翻出一面镜子，用手理了一下前额的头发，欣慰地说："看来还不老嘛！"

噢，和女友约好的时间一定不能迟到！他快活地吹了个口哨，抄起一束精心准备的玫瑰花走出办公室，脑海中闪现着十年前进行研究性学习的情景。那时，他们两个都还是十几岁的少年。

"通知，请全体文学社成员以及高一（11）班所有同学到四楼阶梯教室开会，不得迟到或缺席。通知再重复一遍……"

这是下午最后一节课，其名曰"第二课堂"，其实就是学校的社团活动时间。

"文学社开会与我们班有什么关系？"小松皱皱眉头。

木禾也不知道。

"拉班级凑人数，就是捧场的。听学姐说，'这是传统'。"尔雅的同桌桔子作出一副精于世故的样子。

小松的脸上表现出一个怪异的表情，似乎是受了奇耻大辱一般。

桔子撇撇嘴，和尔雅聊天去了。

木禾走上讲台，却发现广播太迟，班里的男生大都踢足球去了。

"孩子，你好像挺缺乏号召力啊，是吧？"小松嘴角上扬，眼睛眯成一条线，不紧不慢地说，说不清是调侃还是嘲讽，"老兄我本来是不想去那地方浪费时间的。为了你，我还是去一回吧，要不然看你能拉几个人？"

"走吧！"他拥着木禾，蹭到门外。

阶梯教室：碧海云天文学社新一届成立大会。

"碧海云天"是深圳湾中学最响亮的牌子，是全校最大的学生社团，多次蝉联全国中学文学社团榜首。在中考招生手册里，"碧海云天"蓝茵茵的社徽为深圳湾中学每年吸引大量的文学少年，使学校的中考招生分数年年攀升。

木禾记得，在中考宣传手册上，"碧海云天"下面的注释是——深圳校园文学的旗舰。一串响亮的青年作家名字印证了这个注释的真实性。

他还记得，当时他就奔到电脑前，毫不犹豫地将"深圳一中"从第一志愿栏删去，敲上"深——圳——湾——中——学"。

他也没有忘记，当自己怀疑这个决定正确与否时，他从离家最近的公交车站乘车，辗转四辆公交车到达海湾边的深圳湾中学。那天，他看到了云，正是如尔雅所勾勒的砧状云，从难以平息的海面上徐徐升起，爬上岬湾的海岸山，然后散开在晴朗朗的天穹最顶处了。

尔后，他就到了这里。

木禾坐在后排，远望前台大屏幕上的社徽：看来，宣传手册上的社徽太小了，这枚社徽的结构竟如此复杂！

"大家看到了，文学社的社徽是一幅学校南广场面向前海的写生图，恰是碧海云天的真实写照。"文学社老师的语速很快，吐字却很清楚。

如此，也只有海和天才能绘出如此干净洒脱的画面。蓝和白的双色渲染却使它更纯粹了。

天下，最明净的是年少的时光，最纯粹的是年少时追寻的梦想。喜欢的，就是这样一种洗尽浮躁的洒脱的感觉。

"文学社社长，木禾。"

木禾回过神来，顿时感受到目光的灼热。

"哇，噢。"身旁响起了窃窃私语，本应是低低的，却连成了一片嘈杂。

"班长……噢……不不不……社长大人，桔子说你又靓又有气质，她早猜定这届文学社社长非你莫属。"子凡从后面鬼鬼祟祟地拍了拍木禾的肩膀，结果，他被旁边伸过来的一本书重重地拍了一下头发不长的脑壳。

前一排座位的斜一侧，尔雅转过头来，对他竖了一个大拇指，露出细密的小牙齿。

他向右边的座位瞥去，看到的是小松没有表情的脸。

"大会第二项，由前任文学社社长尚天发言。"

阶梯教室后排的学长学姐们连忙停止了奋笔疾书，将视线从腿上的数学作业本移开，一双双眼睛向前排急切地扫视着。

一个一身牛仔装的少年提着一把黑色吉他，踱上前台。

"尚天是我们学校的少年作家、深圳十大校园歌手之首，才子呢，等一下一定要找他要个签名。不行，还要帮我初中玩得很好的师妹要一个。"桔子好像很了解学校的内情。

"他其实很矮的，跟我差不多高。"有个男生不满地咕哝着。

"叮、嘀！"尚天拨弄一下吉他，阶梯教室静得就像外面深圳台风过后的秋天。

　　"不好意思，刚从乐队奔出来，还没换校服。"他拿起桌前的水杯，灌了一口，"我水平也有限，没什么好跟学弟学妹说的。两年了，看着你们，我就想起当时的我。这样好了，我为学弟学妹唱一首十年前从深圳飞向大江南北的校园歌曲——《花季·雨季》！"

　　青色调的吉他音响起，奏起一支久违的小调：

十六岁的笑容纯真美丽　笑开了甜甜的花季

十七岁的烦恼像小雨滴　淅沥沥写进我的日记

我们是花季　我们是雨季

今天的故事有我有你　幸福的感觉写在脸上

多情的浪漫留在梦里

走过了花季迈出雨季　世界在眼中多么清晰

找一找自信　学一学珍惜

拍一拍翅膀向广阔天地

我们是花季　我们是雨季

我们向明天敬礼　欢快的脚步永不停息

走过了花季迈出雨季　世界在眼中多么清晰

找一找自信　学一学珍惜

拍一拍翅膀向广阔天地

我们是花季　我们是雨季

我们向明天敬礼　欢快的脚步永不停息

跨进那灿烂的新世纪

灿烂的新世纪

尚天果真是非同寻常的校园歌手，将秋天的故事改写成三月的花季，六月的雨季。也许，这个城市本来就没有秋天和冬天。生长在这里的孩子没见过雪，没见过霜，九月的台风雨只不过比六月的季风雨更热烈，十一月点燃火红籦杜鹃的城市总是染不上枫叶的秋意，新年的太阳光可以托起一个比炮竹还要响亮的花市。

阶梯教室回荡着明快的乐声，就连一脸严肃的文学社老师也忍不住跟着哼唱这首年轻的歌谣。

二

他记得，尔雅前额的头发是斜着梳的。

木禾站在镜子前，用梳子用力将右边额尖垂下的头发向左拉去。

可头发还是直直地垂下来，吊到眉际。

差点忘记了，他可是男生啊！

木禾笑笑，挎上书包，朝学校走去。

下午最后一节还是"第二课堂"。

既然今天学校各大社团都没有活动，11班的孩子们就被老任赶到操场去了。作为学校的"10个前"字足球队队长，他的信念是："生命在于运动"。

"社长，你答应过下午要陪我们打羽毛球的！"桔子拉着三五个外班的女生，朝木禾挥舞着球拍。

"今天就算我失约了，改天一定奉陪！"木禾做了个鬼脸，引得女生们狂笑不止。

"你啊！"桔子翻翻眼，生气地走了。

"不要理这群小女生，女生都很无聊的。"小松没好气地说，"这里太吵了，我们去那边打球好了。"

木禾提起球拍。

"砰！"小松冷不丁地将羽毛球向他打去，木禾下意识地一挥手，将球高高地打向天穹。过球网了，但小松悠然地抱起双臂，看羽毛球划过空气，徐徐降下。

"球打得太高了，我知道你高，但我比你更高。"小松翘起下巴，不紧不慢，用球拍将球挑起。

"你发球。"小松把球挑过去。

雪白的新球在空中迅速地划出一道抛物线。

"打球是一种休闲，打那么狠干什么？"小松甩着步子，从地上捡起球，扔给木禾。

"嘶！"球擦过球网，点在后场线上。

"不要打太远——"小松说。

木禾心不在焉地输了几个球后，小松才不再开口。十几个回合后，球来球去，似乎显得很默契。

也只能是显得默契吧。

木禾觉得有些无聊，趁小松慢条斯理地捡球时，向身后开阔的运动场望望。

老任光着脊背在绿茵场上疯跑，东奔西撞，丝毫不减当年足球队长的威风。一个大脚远射，径直冲进球门。老任兴奋地跳起来，做了一个"Victor"的手势。

"木禾，要不要踢几脚？"老任取下球门上晾着的衬衣，朝他挥了挥。

木禾看了看小松，摇摇头。

"研究性学习，做关于哲学的课题。"小松又开口了。

"我觉得，做一个古典文学专题可能更好。"木禾答。

"不是在分组当天就说定了吗？"

木禾一头雾水："我没同意。"

"那我再说一遍！哲学，在你最需要它时，会将你拯救出人生的谷底。没有哲学，许多人都会在黑暗中独自哭泣。小组的课题，就是哲学。"小松铁青着脸。

"我想，中国古典文学可能更有探究性。在当今浮躁的社会中，古典文学的价值在于它对我们心灵的净化，给我们提供一种素雅的生活方式。有人认为，当代的许多流行文学作品缺乏……"木禾顿了顿，发现小松捏着下巴望向操场，若有若无地点点头，很耐心地等待着他把话说完，他开始有一点无名火，"诗韵！古典文学那样的诗韵。我们可以探究一下中国古典文学在当代的传承，看一下古典文学是怎样影响当代人的精神生活的，这个选题角度可能更新颖点。"

"说完了吗？我知道你很喜欢文学，但我以前有几个同学比你的文学功底更好，只是他们不像你一样运气好罢了。他们比你在文学方面更有发言权。还有，我听人说，有人要把你这个文学社社长'炒'掉。"小松优雅地扭过脖子，脸上看不出表情。

木禾有种不舒服的感觉。

"行了，有些事，你到时候就知道了。"小松绕过球网，拍拍木禾的肩膀，"作为朋友我才这样说的。这个世界真的很复杂。"

小松站到木禾面前，一副调侃的语气："班里很多人都不喜欢你，就是因为你这个小孩子太固执、太自以为是。在你决定一件事情前呢，要考虑一下别人的感受。"

木禾嘴角动动，想说话，却想不起该说什么。

"那就不要说了。行了，不要太难过，小孩子。你先好好想一下。"小松转过身，莫名其妙地望着天空。

木禾不想去看小松，转过身。

他看到了尔雅。

她穿了一条女式校服短裤，露出白皙的小腿，在羽毛球场上跃动的身影好似一只燕子。

放学铃怀旧的乐声在暮色中响起，是《同桌的你》。

尔雅将左手与球拍垂直，做出一个"暂停"的姿势。

子凡没反应过来，还沉浸在"羽球争霸"的世界中。他大跳起来，挥舞起夸张的一记扣杀球，刚好击中尔雅的胸部，然后轻轻弹到地上。

子凡连忙用双手捂起眼睛，又将手掌张开，做出一副告饶的样子。

"讨厌。"尔雅噘噘嘴巴，朝木禾他们走去。

小松看着尔雅走过来的方向，默不作声。

"Excuse me，你们两个把研究性学习的课题定好了吗？"尔雅问。

"我的提议是，中国古典文学在当代。"木禾没有多解释。

"哲学。"小松的脸上有些阴沉。

"那就叫'中国古典哲学在当代的传承'好了。"尔雅笑笑，"木禾，你陪我上后山采点东西。"

小松很惊愕的样子，拉起重重的书包，走了。

尔雅在前，木禾跟在后面。

都是一身灿白色装束，原因是木禾总喜欢穿一件白色衬衣，而不是男式蓝色运动校服。

走在校园小径上，空气中飘散着《同桌的你》，还有很好闻的甜丝丝的味道。

海风一如既往地扫过校园，已是晚风。

尔雅没说话，木禾也就没有，他突然发现自己有些拘谨。

"到了。"尔雅说，随后打开一扇门，溜进去，又回头，"进来吧。"

木禾抬头看了一下头顶的标牌——生物研究实验室，尔雅是校人与自然协会会长。

实验桌上杂乱无章，堆积着一些干枯的带叶树枝，插在烧杯里开败了的花，几块沾着龙胆紫的载玻片，一只养在玻璃瓶中乱跳的蝗虫，还有一罐氯化钠、一盒火柴、几支尖端被烧黑了的解剖针、一盏酒精灯。

"呵呵，昨天趁实验室老师外出，我们把几只可怜的蝗虫用解剖针在酒精灯上烧烤，然后，吃了。"尔雅说，似乎挺得意，是在炫耀吧，"蝗虫的味道真的很不错，改天请你尝尝。《科学美国人》上说了，当今社会，生物资源紧缺，应提倡食虫主义。本来想加点氯化钠，后来又想到老师说过实验室的药剂都不能食用，也就打消了这念头。"

木禾想象着漂亮的尔雅大嚼蝗虫的情景。

"嗨，你的任务。"尔雅递给他一只塑料桶和一把大大的绿化剪刀。

"原来是给你干苦力的啊？"还没等尔雅的嘴张开，木禾又说，"愿意为尔雅小姐效劳。"

他扛起剪刀，提起塑料桶。

"采集实验原料也是一件很辛苦的事情。"尔雅说。

不过在木禾看来，确实非常辛苦。现在，他提着一桶沉甸甸的宝贝（尔雅眼中的宝贝），在山间泥径上东奔西走。还有那把重重的绿化剪刀，他必须得紧紧握在手中，随时待命，在尔雅的指挥下破坏树木。

尔雅拿着一个笔记本，一支铅笔架在耳朵上，很专业的样子。

"这里。"尔雅指着一株香樟树，木禾的大剪刀一挥，她在笔记本上打了个钩。

"你剪得太多了，把树枝的顶芽、侧芽都剪去了，这一枝树枝就无法恢复了！"尔雅生气地说。

"我难道不是按指令行动的吗？"木禾摇摇头，心想。

在太阳快落下地平线时，木禾长吁了一口气，终于可以往山下走了。

尔雅在山间小道快步走着，夕阳给她窈窕的身姿镀上一层金色。

"有蛇！"尔雅突然尖叫，险些滑下山坡。

木禾扔下剪刀，迅速抓住她的手腕。

虚惊一场，是一根草绳。

原来女孩子的手腕是这么柔软，一丝软酥酥的感觉从他的指尖流进他的胸膛。

她将剪刀从地上捡起。

"拉着我吧，山路太陡，我害怕。"她说。

走下山时，他们生活的都市深圳已是黄昏。

高楼林立在夜幕中切割出起伏的天际线，有节奏的海涛声不想催人入眠，却是和东门、华强北震撼性的广告乐声一起，打造着夜生活的节拍。

天空已泛出暗红的夜色，尔雅说，那是城市光污染的结果；木禾说，那是都市酒红色的醉意。

11班QQ群群组消息。

……

小松：你星期六去看电影《满城尽带黄金甲》吗？

尔雅：都是班里男生去耶，而且桔子也不去。

尔雅：木禾，你会去吗？

木禾：失陪，我去不了，星期六文学社有采访活动。

尔雅：那我也不去了。星期日在书城集合，我们发研究性学习的调查问卷。

尔雅收到一封小松发来的QQ邮件，是《中国古典哲学在当代的传承课题调查问卷》

"1.您平时喜欢读哪些哲学书？

　A.《故事会》　　B.《读者》　　C.《意林》　D.其他

2.您认为哲学有何用处？

　A.拯救　　　B.饶恕　　　C.逻辑　　　　D.其他

3.没有哲学，人会怎样生活？

　A.失去生命　　B.人格分裂　　C.照常生活

……

7.您更喜欢读哪一类哲学书?

A.中国古典哲学　　　　　　B.西方古典哲学

C.马列主义　　　　　　　　D.中国当代哲学

E.西方当代哲学

8.以下哪一位是您心目中的哲学家?

A.孔子　　B.柏拉图　　C.马克思　　D.卡耐基

9.您认为市民幸福指数与哲学有多大关系?为什么?(请简答)。

……

星期六下午,学校补课。木禾不在,尔雅去了实验室,小松在班里先发调查问卷。

"哈!哈!!!"教室里爆出哄堂大笑。

小松不知道为什么。

星期天,深圳书城,风和日丽。

尔雅抱着厚厚的一沓调查问卷,穿一件白色女式衬衣,一条浅蓝色帆布牛仔裤,戴了一副红镜片太阳眼镜。

"没按规定穿校服。"小松说。

"那又怎样?反正我看起来也不像成年人嘛。"尔雅取下太阳镜,装在背包里，"问卷我做了一些修改，不知你们怎么做的，把哲学书和期刊都混在了一起，还出了一些莫名其妙的题目……我删去了前三题。"

"什么？！"小松瞪大眼睛，青筋暴突，一把扯住尔雅的背包，喉咙里滚出咆哮声，死死盯住这个小女生。

尔雅用力将背包从小松手中挣开。

木禾挥挥手，走了过来。

小松摆出一副什么都没发生过的样子，低低咳了一声，说："发问卷。"

木禾从尔雅手中抽过一张问卷，很奇怪："咦？怎么只有我出的题目？"

尔雅不语。

"还是分头行动吧，这样比较快。尔雅，你到二楼少儿读物区。小松，你到三楼科学技术区。我到四楼文化教育区。中午十二点在书城一楼的麦当劳等，我请你们。"木禾做了一个"必胜"的手势，转身乘上电梯。

"有问题！"小松大喊，追上电梯，乘电梯的一队人不由得扭过头来。

"怎么了？"

"在发调查问卷之前，你必须让被调查者得知你给他的问卷不会被调查者偷看，才能确保结果的真实性。"小松拧着脖子，盯紧木禾，"我们要先做一个投票箱、一个不透明的投票箱，才能使调查结果真实。今天，不能发问卷，下个星期再说。"

"问卷上又没给什么见不得人的选题，我看没有必要。"木禾冷冷地说。

"你太天真了，你不知道被调查者的心理是怎么样的，你猜不到他们在想什么！"小松斩钉截铁。

木禾从电梯上迈出脚，走上二楼。他耳根有些发红，平静地说："我说，你现在到三楼发调查问卷。"

"你觉得这份调查问卷能拿出手吗？"小松一脸嘲讽。

木禾朝三楼走去，小松拽住他的衣袖："作为组长，你不能这么任性！"

"我该任性时就任性！"木禾转过刀削过一样的棱角分明的侧脸，推开小松，踏上电梯。

尽管书城里面开着空调，木禾的背上还是沁了一层汗珠。已经发了十份问卷了，还有二十份。木禾看了一眼手表，又马不停蹄地走向下一个"目标"。

锁定，是一个和老任差不多大的男青年，不过没老任帅，他安静地倚在书架上看书。

挺胸，抬头，微笑，一支笔，从包里拿出一份问卷，木禾尽量使自己显得成熟一点。

"先生，打扰了。大概借用您几分钟时间好吗？我们需要您填写一份关于"中国古典哲学在当代的传承"的问卷，请配合一下我们，可以吗？谢谢。"

"不用那么专业，随便一点好了。"男青年接过笔，温和地笑笑，"我的学生也整天忙着做社会调查。"他是一名老师。

认真地打了两个钩后，他看到了一道简答题。"难，难说。"他拍拍额头，"要问市民幸福指数与哲学有多大关系，先得看看深圳市民自己感觉到底有多幸福。生活啊，才是一门真正的哲学呢。我大学毕业就来闯深圳，已经四五年了，风、雨，都经历过，现在也有了份稳定的中学老师的工作。按理说，应该很幸福了。但想到上学贷款还没还清，家里还有一个妹妹要上学，我就怎么也高兴不起来。"

"你们就好了，生长在深圳，吃穿问题应该不用担忧，还有机会做社会调查、接触社会，有丰富多彩的课余生活。不过，也难说你们就没有什么烦恼。我保证，你们也不能个个给自己的幸福指数打一百分。"他说。木禾想想小松刚才的举动，点点头。"幸福指数原是一个喜马拉雅山脚下的小国不丹提出的，我觉得这个点子很有创意，而且，据调查表明，目前还没有哪个国家的幸福指数高于不丹呢。今后，我建议你们再做调查时可以探究一下深圳人的幸福指数，看看这个城市的人活得快不快乐。"

他把话题扯得有些远，不过，木禾觉得这确是一个好点子。

他走了。木禾恍然觉得，那是一个凝重的年轻身影。

十二点，麦当劳。

木禾把三人的调查问卷收集起来，打了个"老任版"的响指："感觉如何？"

"圆满完成任务！少儿读物区那里的小孩子真的很可爱啊，"尔雅兴奋地叫着，挥舞着双手，忽然又把手垂下，有些沮丧，"有两三个小孩，竟喊我'阿姨'。"

木禾挤挤眼睛，我如果到那里发问卷，岂不成了叔叔？

小松一直没说话，右手捏着下巴，瞅着餐桌，直到木禾吃掉一个汉堡包。

"你是不是给我起了个外号，叫德拉库拉？"小松脸上看不出表情。

木禾想起来，那是一天中午，他趁电教员小松不在，斗胆打开电脑，点播了在线电影《吸血鬼》给同学们观看，在剧中反面男一号吸血鬼德拉库拉伯爵出场时，他说长得很像小松，然后小松就得了这个在班里广为流传的绰号。

"怎么了？"

"德拉库拉，又叫暗夜伯爵，首先是一个贵族，然后是一个骑士，是一个驱逐土耳其入侵者的民族英雄。这些，是我花了一个下午的时间，在网上查到的。"小松瞪大眼睛，眉毛斜刺向上方，"其实，他也是很痛苦的，他是一个被肉体的畸形折磨着的灵魂，没有人去同情他，他只能在深夜里独自哭泣。谁能体谅一下他呢！"

木禾只是随便说说罢了，他觉得小松很神经质，他拿起一根薯条，蘸了一下挤在餐盘纸上的番茄酱。

小松闭紧嘴巴，又闭紧眼睛。

尔雅用纸巾擦擦手，低头翻看她被拉出一条印记的背包带。

"你这小子最近挺风光吧，追了这么多名，逐了这么多利。"小松换上一副轻描淡写的口吻，"昨天我看了《满城尽带黄金甲》，你应该看看，感觉你很像片子里的小王子。在天真无邪的外表下，隐藏着权力欲和不可告人的秘密，这就是你。真的，你该看看。"

木禾没理他。

"请不要这样说。"尔雅的嘴角有些抽搐。

"没想想你星期三数学课出洋相时的样子吗？那才叫风光呢。在众目睽睽下，你连一个简单的问题也答不上，被罚站到了后面。你觉得你这个班长还能干几天？数学老师已经把你看成了眼中钉、肉中刺，没看这几天专找你茬吗？我数学在班里第一，尔雅第二，你呢？就是文学，你也不怎么样嘛，我们年级比你水平高的多得很，看你那副天真无邪的外表还能招摇几天。是朋友，我才这样说……"

"啪！！！"尔雅将餐盘狠狠地扣在了小松眉飞色舞的脸上。她的脸涨得红红的，嘴角微微颤抖，细密的小牙齿咬得紧紧的。她死死握住拳头，全身战栗，很像是一只发怒的小兽。她使劲挤住眼皮，不让红红的眼睛中噙着的泪花落下。

她一把拉住木禾，往门外拽。

木禾搂住她的双肩，想让她平静一下。

她挣开木禾，指着小松："你以后不要缠着我们，你也不是我们小组的成员了。"

小松用一块用过的纸巾，揩去眉毛上的番茄酱，嘴巴紧紧闭着，皱成了紫红色。

尔雅转身。

"以后不要用班里的电脑拷贝课件，有数学题也不要问我！"

尔雅头也没回。

三

9'14"。

"好！"教练员大喊，重重地在木禾的肩上拍了一下，"今天短跑训练任务完成，破纪录了！"

木禾如释重负地（确实是释去了重负）将填了两个铅球的田径训练轮胎从背上卸下，脱下白色的背心。

赤裸的上身浸在温煦的落日中，汗水抹在皮肤上，像是涂了一层桐油。

记得在初中时，田径队的一个哥们曾这样调侃："我们这副模样站成一排，就像烧腊店里的一串烧鹅。当你想解馋时，就往自己胳膊上咬一口吧。"

烧鹅，倒是味道不错。

不过，又想起尔雅曾对他说："在体视显微镜下看蟑螂，它的腹面观就像一只烧鹅。"

只是不知道，尔雅有没有曾经把蟑螂烧烤，然后像吃烧鹅一样嚼？

她……

他朝运动场看台扫了一眼，她静静地坐在那里，桃花一样的眼睛在看他。

刚才他在训练时，她就一直坐在那里吧。

霞光里，她的微笑好似一波明净的春水。

后来，不知是谁先低下了头。

她走过来，窈窕的倩影被黄昏渲染得格外妩媚。

"汗真多啊。"她小声言语，掏出一方如今很少见到的素白绢手帕，在他胸前扬起手，小心擦拭。

他没法看见她的眼睛，因为她总是低着头。

她略显急促的呼吸，拍打在他的身前。

在近处，她的轮廓，分外明晰。

"我要求进学生会体育部。"小松立在学生会办公室门口。

"你这次没能通过面试选拔，下一次招新时还有机会。"学生会主席的回答直截了当。

小松恨恨地在学生会办公室大门上踹了一脚，将门重重地摔上。

木禾坐在讲台前，打开电脑。

"下去。"小松大步跃上前，丢下这两个字。

"我有事。"木禾冷冷地说，在"可移动硬盘"一档打开《深圳民生幸福指数调查电子图表》。

小松盯着他。

木禾一眼也没看小松，自顾自地在移动着鼠标。

"那就都不要用计算机！"小松把电闸扳下，教室里呼呼作响的吊扇全停了。

男生停止了在教室后面打羽毛球，女生停止了把"泡芙"或"品客薯片"放进嘴里。然后，望向电闸旁的小松。马上，男生们的腕部和女生们的嘴巴又开始了运动——他们对小松类似于此的做法已经司空见惯。

只有尔雅从座位上走下来，一脸不悦："小松，你不能这样。"

小松瞥了尔雅一眼，拧紧嘴唇，猛地推上电闸："你，可以上去。木禾，下来！"

这种人，不要跟他多纠缠。

木禾说："尔雅，你上去做电子图表吧。"

木禾拿着一张表格，对讲台下说："11班的男儿们，请拿出点勇气以及大无畏的精神！校运会男子 5000 米长跑怎么就我一个人报名？石头，你也报一个吧。"

石头是校篮球队名将，他摇摇头。

就在木禾几近绝望之时，一个声音自教室后吼出："木禾，我报名！我向你宣战！"

是小松的声音。

小松的脸上，青筋与肌肉暴突。

骨节发出的咔啪声从手指间爆出。

面对纯粹率真的尔雅，有时，木禾会感到自己很卑鄙。

卑鄙，这个词语挺有意思，却不知为什么。

也许，他能做的，就是为她多做些事情，使她的生活因他的存在而多一份光彩。

　　校运会。

　　木禾把钉鞋递给尔雅，她要参加女子 100 米短跑。

　　她接过鞋子，笑笑。

　　"木禾，交给你一个光荣而艰巨的使命——写校运会广播稿。写一篇可以为班级加一分的。"老任行了一个军礼。

　　"没问题。"木禾挥挥手。

　　"那我不陪你了。"木禾在她耳边悄悄耳语。

　　"嗯。"她低头答应，换上一只钉鞋。

　　木禾走了。

　　有人撑起一把太阳伞，将尔雅完全笼罩在太阳伞投下的灰黑色阴影中。

　　"小禾，不用陪我，你先去写稿吧。"她没回头，边穿鞋边说。

　　"太阳很晒。"不是木禾的声音。

　　她转过头，看到了小松，在撑着一把黑色太阳伞。

　　"不用了，谢谢。"她说，连忙将身子从太阳伞下的阴凉移开。

　　小松面无表情，缓缓收起了伞。

男子 5000 米跑决赛。

"班长，加油！班长，加油！！"比赛还没开始，11 班的拉拉队就扯开嗓门呼喊。

"龙小峰，加油！！"

"罗诚武，加油！！"

"冯潮，加油！！"

其他几个班级拉拉队的喊声也毫不示弱。

这是一场"明星级别"的较量，场上选手大都是校田径队健将中的 star，除了看起来像一匹"黑色的马"一样长着马脸的小松。

木禾向后瞥了一眼，后面的内道上，小松绷紧所有的面部肌肉，眼睛直直地刺向他。

刺得他有些不舒服。

"啪！"发令枪响，青色的一缕烟雾飘散在空中。子凡急不可待地小步上前，将落在地上的黄铜弹壳如珍宝般捡起，小心放进口袋里。

六名选手如箭一般从起跑器上冲出，划过红色的塑胶跑道。

"小禾，你是最棒的！"木禾驰过观众看台时，听见了尔雅清朗朗的声音。

他鼓足力气，暗中加快了速度，超过了跑在他前面的冯潮。

现在，他前方一个队员也没有了，仿佛一马平川。

他听到左边内道，呼呼的风声渐近。

他保持速度，稳步跑动。

小松发疯一样地从后方袭来，冲过木禾，跑到了最前面。

木禾按原速前进。

过了一会儿，小松渐渐慢下来。

木禾又赶过小松。

子凡龙飞凤舞地写了一篇长长的广播稿，来来回回看了一遍后，兴奋地原地大跳冲到主席台前的广播站。

马上，广播站的声音响彻操场："社长，你一定会击败黑皮肤的德拉库拉，你是最伟大的！子凡仰慕伟大的你……"

广播稿突然中断。

下一篇："加油，冯潮同学……"

什么广播水平？！

子凡气得鼻子都歪了，那是他在比赛前就开始酝酿的，花费了整整一个小时的结晶！

操场上，有刺眼的光。

四周的树，好似无趣至极的墙壁。

叫嚣的人，是些无聊透顶的傻瓜。

胸口里，好似有一口灼烧的烈火，在奔腾。

烧遍全身。

耳边，竟消逝了声音。

小松不知自己已跑了多久。

那不重要，只是他视线前方，可以看见那可恶的白色背心。

木禾认为，自己跑过第一圈 400 米后，就一直跑在前面。

应该没有选手赶上他。

可现在，他跑在五个几乎粘成一排的选手的后面。

全校的学生都瞪圆了眼睛。

冲刺！

过线！

回头看看还在跑道上飞奔的队友，恍然间，木禾意识到自己跑了第一名。

却毫无疲软之感。

如果再跑一个 5000 米，他相信自己还是可以做到的。

也许，他还会赢。

远远地，看见她在对他笑，白皙的脸上绽出明媚的笑容。

第二天,校广播站《赛事争霸》栏目的广播稿中有这样一段解说词：
"昨天，我们在男子 5000 米长跑决赛中可以看到，一个身影甩下其他
5 名选手一圈半（约 600 米）的距离，直刺终点。他，就是高一（11）
班的木禾同学。据悉，他在本次比赛中的速度已达国家一级运动员水
准。"

小松大汗淋漓地跑至终点，夺得了校运动会男子 5000 米长跑的
亚军。

但是，由于木禾的存在，他好似被淡忘了。班里的男生女生，纷
纷围着木禾欢呼。

这些人，除了盲目崇拜就是盲目崇拜。

在这个时候，还有人来烦小松。

"班里的无线话筒坏了，你去保管室领一只。"桔子一本正经地对他说。

这家伙，刚才喊什么"班长，加油！"喊得特别起劲。

"那是你，文艺委员的职责，不是电教员的职责！"小松气喘吁吁，从红热的脸上抹下一把汗，溅到桔子脸上，她拧起了鼻子。

他长长地吐了一口热气："没看我累成这样吗？你还好意思叫我帮你干活？"

桔子不悦地转过脸。

又看见了木禾那张假惺惺的很欠揍的脸。他居然说："什么？拿话筒吗？我跑得快，我去吧！"然后是一个经典的令人憎恶的笑脸。等小松极不情愿地抬头看一下他时，他已经不见了。

是可忍，孰不可忍！

他翻开石阶上的书包，取出精致的银色手机。

小松：杰哥，帮我加工一个零件。

杰哥：具体描述。

小松：这人个子比较高，你多带几个人。下午 5 点 20 分，你们在深圳湾中学校门外西墙边等，我打电话帮你们定位。

杰哥：那就"凤凰五少"全上。说吧，加工到什么程度？

小松：随便打打就行。

已入深夜，暮色早早地笼罩了地面。

这座年均温度二十几度的城市也变得有些凉。

榕树枝头，有东西掉了下来，走近看，发现是死去的秋蝉。

温暖的城市，也禁不住秋日的寒意。

再过几日，就是南方的冬天，呵一口气，也会在空气里散出白蒙蒙的雾。

不过，再冷的冬天，也不会太冷。

在这里行乞的乞丐，也会比在别处更幸福一些。

放学后，小松关掉了手机。

四

上学路上，木禾经常能遇到尔雅。

是他精心算好的时间，7 点 12 分，放慢一些脚步——在拐过第二个十字路口，通向学校人行道边的一面玻璃幕墙附近。

相遇总是像不期而至。

尔雅会说："有缘啊。"

在蓝得透亮的幕墙前，谁都不想走快。

木禾侧过眼睛，看到自己俊朗的男生身影。

透过玻璃，他看见尔雅偷偷踮起脚尖。

"还是没你高。"尔雅注视着闪着金属光泽的墙面。

他忽然发现，自己和尔雅在一起的样子很好看。

"社长，为什么遇到不幸的总是我？为什么伤心的总是我？"子凡的嘴巴微微弯成"n"型，说不清是不是在哼唱，"给我个伤心的理由——研究性学习，我被后面两位大姐无情地剔除了，说我没有一点乐感，还问我到底是不是台湾人；在学生会文娱部面试会上，天哪，我终于面见偶像级歌星尚天了，可他竟建议我去学习'声乐乐理'然后就把我送出学生会大门了。社长啊，您保送我进文学社吧——"

"好了，我封你当文学社社长助理，就这么定了。"木禾随手从作业本上撕下一张纸，飞快划下几行漂亮的行楷，"给，替我交给广播站。"

"Yes,sir. 遵命。"子凡接过纸条，用左手敬了一个礼，朝校广播室飞奔。

"小禾，《深圳民生幸福指数调查》调查表我帮你打印好了。我稍微修改了几处，你看一下。你确定要让我参加这次文学社活动吗？"尔雅在木禾身旁坐下。

"当然，你是这次活动的发起者之一，这次文学社调查活动也算是我们进行研究性学习的成果。我就代表文学社，请人与自然协会会长做我们的特别顾问吧。"木禾认真地说。

"OK，那我就效仿诸葛孔明，鞠躬尽瘁了。"尔雅说笑。

"通知，请碧海云天文学社全体成员注意，请于下午 4 点 30 分到南教学楼一楼阶梯教室开会，会议内容重要，不得迟到或缺席。"

子凡的速度果真不慢。

下午 4 点 30 分，南教学楼一楼阶梯教室。

"请安静！"木禾吹了吹话筒，坐在前台中央。

尔雅坐在左边，子凡站在右边。

尔雅觉得他太严肃了，忍不住想笑，却又不敢，于是捂住嘴巴。

"到会人员的名单统计好了吗？"木禾放下话筒，问道。

"副社长 1 名，缺席；创作部应到 12 人，实到 8 人，部长缺席；编辑部应到 8 人，实到 7 人；内外联络部应到 6 人，实到 6 人；网络文学部应到 7 人，实到 6 人；学生记者站应到 6 人，实到 1 人，只有站长出席；影视文学部应到 6 人，实到 4 人；下属社团动漫社应到 10 人，实到 8 人。"子凡认认真真地念完名单后，抬起头，"社长，还有什么指示？"

"到了几个就算几个吧，"木禾轻声说，迅速抄起话筒，"开会！"

"现在，提出一个议案。本学期，文学社将一改常规文学交流的传统，进行一次大型社会调查，历时大约一个学期，因此将取消读书月期间的文学沙龙活动。现在，初步拟定活动的主题为《深圳民生幸福指数调查》。"木禾点开电脑幻灯片的第一张——赫然一行大字"深圳民生幸福指数调查"投影在幕布上。

台下一片哗然。

"大家也许还不了解，文学来自社会，我们生活的这个很大很大的家庭。"子凡童声味道的台湾国语立即吸引住了社员们的眼球，"你们不想写好看的小说吗？你们不想读非常非常有文学气息的散文吗？那就走进社会，这个大大的家庭吧。我的演讲完毕，谢谢！"

"好！"有人疾呼，于是社员们在座位上笑得前仰后合。

"人文关怀、泛文学潮流应当值得我们当下的文学少年关注。一个星期前，这位，人与自然协会会长尔雅同学借给我了一本书，达尔文的《人类的由来》。读完之后，我想在人类进入文明社会后，人类的进化并未受多少生物特征改变的影响。但是，今天的我们，已经和我们十万年前风餐露宿的祖先非常不同了，为什么呢？关键在于我们人类作为一个群居物种群体意识的增强，即我们构架出了比任何动物都复杂完善的群体体系——就是人类社会。而文学的任务，从根本上来说是从一个侧面反映社会的一种意识形态。在进行文学创作、做文字工作前，我们的第一任务应是深入了解、观察我们生活的社会。"

木禾站起，做了一个邀请的姿势，"在本次活动中，我们非常荣幸地请到尔雅同学担任特约顾问，现在，请她关于本次活动主题作自由陈述。"

不知何故，后排的几个男生偷偷挤到前排的空座位上。

尔雅细长的指尖点了一下鼠标，幕布上浮现出三组照片，她清灵灵的声音响起后，整个阶梯教室显得格外安静。"占用大家一两分钟的时间了。大家请看，这是一张喜马拉雅山脚下一位夏尔巴老人的正面照，老人背着竹篓，提着镰刀，可以看出生活的艰辛，然而，他献给了我们一张最朴实的笑脸，据有关数据表明，夏尔巴人是世界上幸福指数最高的民族。

"再看，这张，是我和木禾到书城做研究性学习时拍的，是一个小孩子看书时的侧影，看书很专注，却又笑得那么甜，我猜，是看到白雪公主被白马王子救起时的情景吧，有时想，人在很小的时候会快乐得更纯粹一点吗？

"最右边一张，是网上下载的一张深圳青年夹着公文包上班的背影，从照片上双腿的模糊程度可以看出，脚步很快，但不知在背影后是一张怎样的脸呢？他到底有多幸福呢？我们期待能看到。"

掌声响起。

"很好，这大概就是'深圳民生幸福指数调查'策划的初衷。深圳市民的幸福指数究竟如何？他们对深圳这座城市又有哪些期待和要求？这就要靠大家努力了。相信在活动过程中，大家一定会有不一样的收获。本次活动，由社长助理徐子凡同学担任执行总监。徐总监，请将活动调查表分发给大家。"子凡接过木禾手中的一沓调查表，做了一个职业化手势。

"还要特别声明，这份调查表只是草案，星期三下午，各部部长在文学社室召开部长级会议，具体商讨有关修改事宜。"木禾环视台下社员，停了一会儿，又说，"现在，为了民主起见，对该活动议题进行投票表决，赞成的请举手。"

木禾看到只有一个人没举手，是学生记者站站长贝琦。

高一（12）班，南教学楼三楼。

贝琦：社长，找我什么事？

木禾：为何反对进行"深圳民生幸福指数调查"？我想知道你的意见。

贝琦：有时，你们这些文学社"高层领导"的做法真的很过分。

木禾：说来听一下。

贝琦：两天前，副社长写了两个名字让人转交给我，就建议加入记者站。我不想让他们加入。

木禾：为什么？你可以先对他们进行考核，再决定是否让他们成为你们部门的成员。

贝琦：这样不行。记者站成员都是我们班的，这样联系方便。

木禾：为什么昨天开会学生记者站只有你一个人到会？

贝琦：哦，因为快期中考试了，他们都很忙。我一个人去，省时间。

木禾：你的工作存在两点问题，希望你能够修正：第一，海纳百川，有容乃大，任何人都可以举荐文学社人选，多吸收几个潜在的人才只会使你的部门工作更出色。第二，你要为你的职务负责，你要对你的部门成员有足够的号召力，而具有号召力的前提是——学生记者站的成员都是喜欢参与文学社活动的人。

不过，你的观点中有一点提得很好，值得借鉴，以后，除非是重要事宜，我们文学社会先召开部长级会议，再由部长传达会议具体内容。有时间，我们再多交流一下。

贝琦：嗯……

木禾：还有什么事？说吧。

贝琦：还有……我觉得，你不应该随便找一个学生当顾问。她并没有什么影响力，能给出的观点也很一般。我们应该请社会上比较有代表性的人物当顾问，而不是她。

木禾：你说得有道理，不过，尔雅是活动的发起人之一，而且是我们学校另一个办得不错的社团的学生领袖，听一下她的建议，应该会对我们的活动有所帮助。至于要吸取一些社会精英的观点，就要靠记者站站长贝琦你了，这也是我今天要找你的原因。

贝琦：好的，我认识电视台"第一现场"节目的记者姐姐，可以请她们帮我们联络。

短信。

木禾：为什么昨天开会时，你没到？

阿刚（副社长）：我那天有事。

木禾：什么事？

阿刚：那天不舒服，去看牙医了。

木禾：现在好点了吗？以后开会时如果有事，跟我打个招呼吧。

"Hello, boys and girls."木禾刚按了一个手机信息发送的"确定"键，就看到外教 Alice 踏着"America style"的脚步，走上讲台，他马上按下"关机"。

"Boys and girls, it's common for America high school students to have a date in your age. So, now, in this class, we will act a date. Now, move, class, one boy and one girl, sit in pairs."（男生、女生们，对于美国高中生来说，在你们这么大约会很正常。所以，这节课，我们进行一次"模拟约会"。现在，一个男生、一个女生坐成一组。）

木禾明白，"date"在外教 Alice 话语中的意义并不是"日子"，而是"约会"，上一节英语课学过。

显然，这堂"模拟约会课"没有出现 Alice 预期的效果。讲台下好似比平时都要安静，有人伏在课桌前，有人在揉耳朵。

"For example."（比如）外教 Alice 突然灵机一动，想到了解决办法，"Monitor,would you please show the class an example with me?"（班长，你能配合我向全班做一个演示吗？）

木禾打了一个'OK'的手势，跳上讲台。

"Monitor,Starbucks,Saturday,5 P.m,I'll meet you .Will you accept my offer?"（班长，星巴克咖啡厅，星期六，下午5点，我约你。你愿意接受我的邀请吗？）

"Good,I'll be there.Bye-bye."（好的,我会在那里等你。拜拜。）随后，他将脸右转15度，制造了一个"电力十足"的眼神。

一瞬间，离讲台最近的几个女生如触电般瞪大了眼睛。

"哇！呜！！"气氛顿时活跃起来，不过还是没有人行动。

"Now, boys and girls.Stand up,I'll get you in

pairs."（现在，男孩、女孩们。起立，我来帮你们分组。）

"You two,you two,you two……"（你们两个，你们两个，你们两个……）

小松和尔雅被安排到了相邻的两个座位上。

尔雅扭过头，望向窗外。

小松试探性地碰碰尔雅的手臂。

尔雅一动没动，就像没感觉到一样。

于是，小松把手移开，捏紧下巴，好像在思考一些数学题。

小松在喉咙中低低咳了一声。

尔雅没反应。

过了半节课。

"It's your turn."（轮到你了）外教点点他们的桌子。

他们站起来。

"明天，我下午四点钟在学校旁边的上岛咖啡厅等你，请你喝卡布其诺。"小松的口语水平很糟糕，也不想说英语。

尔雅不想说话，就斜着眼睛点点头。

"Congretulations!A success.The next."（祝贺！一次成功。下一组。）

时间转眼就到了明天。

生活在这座城市的人,有人走在东门商业步行街,有人将车开在总是川流不息的深南大道,有人通过罗湖口岸去了对岸的香港……就如同从一个看不见的起点,纵横交错地散开。

"看看,院长给我们这些优秀的同学题的大字——'恰同学少年'!我看,社长跟电视剧里的毛泽东也差不多嘛,我就降点级别,当蔡和森好了。"子凡把一张大字铺展在社科院接待大厅的案几上,得意地说。

"你到底有没有看《恰同学少年》啊,你像蔡和森?"贝琦撇撇嘴。

"别乱说了,今天能采访到社科院院长还是贝琦的功劳。刚才院长提出的一些观点对我们这项活动的进展方向很重要,我们要把各项数据统计好,再撰写一份比较全面的调查报告。回去后我们再开会细细研究。"木禾突然又想起了什么,"徐总监,副社长阿刚有没有向你说明今天没来参加活动的原因?"

"什么总监啊,我不过是一跑腿队队长。副社长怎么可能向我请假呢?他为什么没来?"子凡反问。

木禾摇摇头。

"大家在这里慢慢聊,我家就在附近,先走了。明天见!"尔雅挥挥手,转身走出门外。

"噢，我姑姑家也在附近，就不和你们一起乘校车回去了。注意安全！"木禾慌忙起身快步走了出去。

"咦，我和社长家在一个小区，搭他姑姑的便车吧。"子凡拍了一下脑门，灵机一动。

"你，真没情商。"外联部部长郝连使了个眼色。

"尔雅。"木禾踏着一双按正装穿着要求的尖顶皮鞋，快步走来，脚步显得很笨重。

木禾觉得脸上有些发热，突然不知该说些什么。

尔雅捂住嘴巴，但他还是可以看出，她的嘴角浅浅地向上弯起；她白里透红的面颊轻轻泛出两个酒窝。

木禾努力让自己的呼吸变得平稳一些，却发觉自己仍是一副窘相。

"我家就在那边的大学城里，如果不急着回去，就到我家随便坐坐好了。"尔雅放下手，左眼顽皮地眨了一下。

"好，既然尔雅同学愿意，本社长就去坐坐了？"木禾终于放自然了些。有时，他觉得自己就像一个需要有人安慰的小孩子。

"那就坐坐吧。"尔雅像是要伸手拉他向前走，但又放下了手，将手朝前面指去，"走吧。"

这里离海岸线近，到黄昏时海风很急，一会儿就把尔雅长长的披肩发吹乱了。

木禾忍不住伸出修长的手指，细心地将她的头发一缕缕地拢起。

她停下脚步，静静地站着，像一只温驯的小鹿。

他转到她前面，用指尖把她的刘海儿斜斜梳起，说："这样就更漂亮了。"

她闭起眼睛，举起小拳头，在他厚实的胸脯上打了一下。

他觉得一点儿也不疼，却夸张地叫了一声。

"走啊。"她说。

"要不要我请你吃炒冰？"她指着街边一家冷饮店，突然说。

"好。"他答应得挺干脆。

炒冰做得好慢，她拿着一张纸币，在柜台前静静等。

风摇起她蓝白相间的裙摆，像是一叶漂在水上的扁舟。

客厅里响着一种高贵而忧郁的蓝调音乐，将木禾的思绪引至空灵的沉沉夜空，是那种你可以在星宿海飘然舞蹈的夜空。

"唉，怎么又是这一首？"尔雅有些生气地踱到茶几前，抓起遥控器。

乐声的风格完全变了。

"我最喜欢听这首佛汉威廉士的《绿袖子》。看，小草儿在悄悄地生长，一切都在冰雪消融后的春天苏醒，河水轻轻地流。风儿不语，带来的是明媚的阳光，绿袖子女孩的裙摆在风中悄悄地摇，这才是一个美丽的春天呢！"尔雅边说边脱下外套，扔在沙发上，露出一件低胸背心。

木禾很奇怪地不知所措，也许是因为他上中学以来，第一次到女孩子家里吧。

"怎么了？"尔雅问。

"哦，叔叔、阿姨在家吗？"木禾似乎想不出其他话柄了。

"我爸应该在家。爸，有同学来咱们家了。"尔雅高声说。

"好，雅儿，陪同学好好玩玩。"从房间里传出一个中年男人的声音。

"别理他。我爸爸是深大生物系教授，回家就闷在房间里做什么研究。"

"到我房间里看看吧。"尔雅的脸上忽然有些绯红，拦住了木禾的去路，"不行！在外面等一会儿，我先收拾一下。"

客厅很大，布置也是那种简约风格的，以黑、白、灰三色为主。木禾觉得这个客厅更适合他刚进门时听到的那首音乐。

《绿袖子》播放结束，客厅真安静。

他信步走到阳台，前面，是一道雅致的海岸线。

"你是木禾？小才子哪。"木禾感觉自己的肩膀被一只大手轻轻拍了一下，"在报纸上看到过你的照片，雅儿经常拿你的文章给我读。你的文字很好，非常灵动、飘逸，有时又有一种沧桑感，就像前面的这湾海。是在远方海边出生的吗？"

木禾点点头。

"尔雅出生在深圳，没出过几次远门，你们可以多交流一下。这海岸线是在变动的，但它的生命很长，千万年才能发生一次明显推移，可在岸边生活的动物，已经像过眼云烟般经历无数次生死存亡了。不过，还是做一个生命体好，尽管生命相对有限，却懂得活着的意义。"尔雅爸爸凝视着在暮色中闪着金光的海面，叹息了一声，又笑了起来，"雅儿和你在一起时真的很开心，如果你愿意，以后多来陪陪她。"

黄昏金灿灿的沙滩上，一个小女孩在堆一座沙堡，堆得很认真，还在沙堡上用手指钻一个个小窗户。一个小男孩淘气地扑过来，将沙堡推倒后，马上飞奔。小女孩见自己跑不过小男孩，抓起一把沙子，扔在他的后脑壳上。小男孩回过头来，摸摸脑袋，好似很委屈。

如果他和尔雅在这么小时就相识，会更好一些吗？

会吗？

"收拾好了，你可以进来了。"是尔雅清脆的女声。

"这是我收集的甲虫标本，共有 24 种。这是一套捕虫工具。这是莫氏硬度从 1 到 10 的一组岩石。啊，我的中考准考证，照片很奇怪，不要看！这是我的一套发夹，是一个地质系的伯伯送的，分别镶着 8 种宝石，我很喜欢的。Hello Kitty，可爱吗……"

尔雅在一件件数点自己的宝贝，木禾认认真真地看着，听着。

不知过了多久，总之木禾没看表。他准备走了。

"雅儿，我们这里到公交车站的路不好走，你送送他吧。"房间里传出尔雅爸爸的声音。

"嗯……不用了，他只是顺便来走走的。"尔雅转身点点木禾的肩膀，对他说："那我就不送你了噢。你问一下门口的保安去车站的路就行了。"

"我真的不送你了？"她帮他开门时又说。

木禾点点头，摆摆手，按下电梯。

要走了，

走时，就不必说"再见"。

过了半分钟，门开了，她走了出来。

"这电梯很慢。"木禾还站在电梯前。

她觉得木禾像是一只史前的傻傻白色大鸟，于是，她笑了，没来得及捂住嘴巴。

其实，她笑时的样子很好看。

"到车站了吗？"是尔雅的短信。

还是能记着我啊，木禾飞速按下"到了，^-^。"

下午，小松在上岛咖啡厅。

等了五个小时。

咖啡厅里飘散着在学校每天都能听到的一首老歌——《同桌的你》，温情脉脉的怀旧气氛很适合这里。

小松放下紧捏着的下巴，抓起桌上的一块纸巾，捂住双眼。

一点一点，纸巾全湿透了。

五

清晨，空气清新，湿漉漉的。一天中最美好的时光莫过于一个清新的早晨。

十二月的雨滴洒过后，校园小径的紫荆花谢了一层，木禾品尝出一种"踏花"的味道。

木禾小心地在小径上行走，生怕将还很新鲜的落红碾碎。

一步，两步……木禾觉得自己在跳并不适合自己的蝴蝶舞，样子应当挺滑稽。

他想要写一部小说，却不知道开头该怎样写。

一把水绿缎的雨伞淘气地在他面前晃了一下，把伞移开后，是尔雅一双黑宝石般的眼睛。"在梦游吗？"她纤细的指尖轻托着一朵落花，"你知道标牌上写的为何是红花羊蹄甲，而不是紫荆花吗？"

树身的标牌上，写的果真是"红花羊蹄甲"。

木禾摇摇头，耳畔不由自主地想起那首在尔雅家曾听过的《绿袖子》，于是小说有了开头。

那么结局呢？

结局？

他想，那将是一个美丽的童话般的结局。

"小松，怎么回事？半个小时了，第14题还没解出来？"数学奥赛教练朱老师敲敲小松的课桌，一脸不悦。

"啊，这道题有难度，我再想一下。"小松盯着厚厚的一叠打印资料，捏紧下巴。

"啪！"朱老师不轻不重地拍了一下桌子，小松继续捏着下巴，没说话，"你这孩子，怎么搞的？你现在是'江河日下'，一天不如一天了！你现在就连这么一道很初级的数学题都不会，怎么去参加明年的竞赛？"

小松将嘴唇收成一个难看的短"一"型。

"你现在看起来很认真的样子，在这里每天一连坐三四个小时，好像每分每秒都在做题一样。十几分钟都不动一次笔，谁知道你在胡思乱想些什么？！"朱老师用粉笔重重地在小松的课桌上点了点，"能给你单独授课说明了学校对你数学能力的信任，我也相信你有这种能力。以前来这里单独授课的学生一般都能进数学奥赛冬令营拿金牌，然后保送清华大学。但凡是来这里上课的学生，从来没有分心过。你现在，脑子里不要想别的，脑子里只有一根数轴，还有题中给出的变量关系！你要每时每刻地都在想解题思路，就连回家吃饭时都要想！"

小松没说话。

他在想什么？

他也不知道。是一个完美的计划？是尔雅？是那个徒有其表的木禾……

"社长，正式聘书印好了，一共十份。这是买的聘书包装夹，也是十个。我把聘书装进去咯？"子凡认认真真地清点好，然后放在课桌上。

"等一下，有速干笔吗？借我一支。"木禾接过粗粗的速干笔，翻开一叠聘书，抽出一张，拖了两道横线，写下几个字，把聘书插进原位。

　　子凡把聘书一张张地装进包装夹，过了一会儿，突然问："这样不好吧？他写文章真的不错。"

　　"没什么，我已经决定了。"木禾简单地说。

　　"通知一，请碧海云天文学社全体成员注意，请于下午第四节到阶梯教室开会，会议内容重要，将拟定"深圳民生幸福指数调查"报告撰写方案，并公布碧海云天文学社新一届成员正式名单，不得迟到或缺席。"

　　"通知二，下午放学后将在运动场前舞台举行'校园十大歌手'演唱会，请同学们届时观看。"

　　阶梯教室。

　　"有签字笔吗？"木禾看了看阶梯教室前台放的一份《校文学社成员名单》，问子凡。

　　"社长，我有。"还没等子凡翻箱倒柜，坐在台下第一排的阿刚就走上前来，递给木禾一支不错的签字笔。

　　这家伙，终于来了。

　　木禾只在纸上划了一道横线，就把笔还给了他。

　　"大家都到齐了吧？在今天布置活动任务前，先公布新一届文学社成员正式名单，这份名单和原来的情况相比，有一些调整。"木禾宣布，瞥见在台下第一排中央的阿刚。

阿刚的脸上带着难以掩饰的兴奋，把带来的家庭作业塞进课桌里，似乎在等待领取聘书，然后朝台下的社员挥挥手的时间。

"社长，木禾。"子凡将聘书恭恭敬敬地呈给木禾，台上响起一片掌声，阿刚鼓得也很起劲。

"社长助理，徐子凡。"子凡从桌上拿起一本聘书，郑重其事地抱在胸前，做出一脸庄重的样子。台下爆出一片笑声后，又响起掌声。

"副社长，郝连。"

全场哗然。

郝连从台下站起，一时间愣愣的。

木禾又念了一遍："副社长，郝连。"

郝连眼睛一亮，喜出望外地奔上前台，一个劲儿地摇木禾的手。

木禾又向台下望了一眼。

阿刚握着那支精致的派克牌签字笔，一动不动。突然，又瞟了一眼台上剩下的红红的聘书。

木禾继续读名单。

所有部门成员的名单都读完了，也没有念到"阿刚"这两个字。

文学社会议事项照常进行。

阿刚很不自然地转转笔，又擦擦桌子，翻了一下放在抽屉里的英语作业本，又猛地关上了。

"去看'十大歌手'，晚了就抢不到座位了！"刚散会，就有人一马当先，冲出阶梯教室。

"小禾，陪我去看'十大'吧。今天能看见尚天吗？"

尚天？

还是尔雅清澈透亮的声音，不过不知为什么，他听起来有种不舒服的感觉。

"嗯。"他随便答应了一下。

"肯定能看到尚天。没有尚天，谁还会去看'十大'？其他那些跑龙套的还不如我唱得好嘛。"子凡从阶梯教室的铁柜里翻出两根木直尺，敲了一声，"社长，快一点！"

"轰！！！"强劲的电贝司响起，仿佛是在等待掌声。

"尚天！尚天！！"子凡使劲敲起两根直尺，将干巴巴的噪声混杂在喧嚣声中。

"嚓！！"尚天一身黑装，一个箭步劈上台前，"死了都要爱，不淋漓尽致不痛快……"

电贝司中迸发出霹雳声，雷声，都市夜晚川流不息的闪电般划过的车辆驶过路面的笛声，歌舞厅叩击着人的心弦的强烈节拍，灯光闪耀的舞台上照相机炸响的声音。

"好！"老任很有节奏地挥舞着双臂，举起一大捧鲜花，踩着猫步走上舞台，给了尚天一个深情的拥抱。

尔雅托起腮，专注地听着。

"死了都要爱，不哭到微笑不痛快！"尚天锐气十足的歌声伴着一波波更强劲的电贝司在他的脑海中炸响。

"死了都要爱，不淋漓尽致不痛快！"好一个被狂野的电贝司震撼着的城市。

尚天的歌声确实非同一般。

歌声结束后，木禾听到桔子对尔雅说："班长如果站在上面，会不会更酷一些呢？"

会吗？

木禾笑笑，摇摇头。

小松捏紧下巴，斜倚在座位上，在周围人群随乐声节拍挥舞双臂的海洋中显得格外漠然。

他低低地在嗓子中咳了一声，站起身来，走了几步，对在座位上兴高采烈地观看表演的同班同学石头耳语了一句："出来，我有话对你说。"

石头很奇怪地看着他，因为小松从来都不怎么跟班里的同学打交道。"现在在听歌，等一下。"

"等一下？我不想等一下。有事，等一下你会后悔的。"小松又低下头，在石头耳边咬了几句，脸上浮现出一丝若有若无的笑意。

石头困惑地望望小松，一脸茫然。小松径自向场外走去，石头不得不跟在小松后面。

小松离石头一直保持五步的距离，一直到了学校后花园。

大家都在看"十大歌手"，这里没有人。

天色渐暗，天空上飞起越来越多的蝙蝠。

"是德拉库拉开始出动的时刻。"小松抱起双臂，盯着从教学楼顶飞起的一只只蝙蝠，尔后一言不发。

石头知道小松的外号叫"德拉库拉"，但他觉得小松这个自嘲的笑话一点也不好笑。

"什么事？没事我就走了。"

"什么事？1031 号难道不知道吗？"小松还在望着天空。

1031！

是石头在少管所的编号。上初二那年，他曾因一次口角将一个同学打伤，然后就……不过那是很久以前的事了，就连老任也不知道。

石头沉默了很久，小松没说话。

石头的一只手在捻身后的一株天门冬，然后在指缝间揉搓，把指头染成了绿绿的颜色。

他本以为，在这个离他家很远的新学校，没人会知道的。他可以重新做一个好学生。

"我还收集了很多资料，足以证明你的这段经历。有的我就放在班里电脑的桌面上，不过放心，我设定了密码，一般人破解不了。有时间，可以打开让你看看，让你回味一下当劳改犯的记忆。"小松把眼睛仰天的角度撤下来，声音由高到低，"有时，你也该明白，这件事不被公开，靠的不仅是你的力量。想想看？任老师看了会怎么想？班里人看了会怎么想？然后，我就不用多说了。"

石头的眼圈有些发红。

"我制订了一个计划，需要你协助我执行。"小松毫无感情色彩地说，"第一步，叫'一班两制'。"他从口袋中抽出一张叠得皱巴巴的纸，塞给石头，"按我布置的方案去做。"

做完作业、做好调查统计规划后，已是晚上12点。对面高层居住楼格子般的小窗大都已暗下来，还有两格黄的，三格白的。

木禾曾对尔雅说："城市的夜景就是由这些沉在啤酒杯中的冰块组成的，黄块与白块。"

愈是深夜，黄与白的窗愈少，就愈有这种感觉。

夜深人静，正是进行文学创作的大好时间。

因为可以抛却许多白天杂乱无章的思绪，只留下最纯粹的记忆。一缕一丝，清晰展现。

木禾总是喜欢用钢笔，喜欢那种流畅的墨色。老任有一次在语文课上说：如果没有木禾这种顽固的怀旧主义者，那么上海墨水厂就该倒闭了。

除木禾外，小松也有一次把钢笔带去了学校，不过是一支新钢笔，也没有灌进任何颜色的墨水。那是一支产自法国的钢笔，有着一个没听说过的无中文译名的品牌，不过从钢笔的包装盒的精致程度可以看出，应当是一支很贵的笔。

小松只是给木禾看了一眼钢笔的包装壳，然后说："你难道不知道用钢笔是一种社会地位的象征吗？"

木禾觉得很可笑。

他拿起钢笔，在稿纸第一行中央写下"一个深圳的童话"。

字迹是纯粹的墨黑色，很像尔雅头发的颜色。

"徐总监，人员有哪些缺席？"

"报告社长，本次会议无一人缺席。"

"百川归海，调查报告究竟如何撰写，就在于统计一举了。"木禾拍拍桌子上高高的小山一样的调查问卷，严肃地说，"这里交回了1986份调查问卷，为了减轻大家的任务量，将只统计1000份调查问卷，请大家把分发到手中的偶数序号的调查问卷取出。"

三十名骨干社员集中在文学社室。活动室中只有翻动问卷的声音，统计工作在有条不紊地进行。

"不行，这份问卷不能作废。如果你把它拿出来，我就去跳淡水河！"子凡对旁边的贝琦大嚷，又补充了一句，"淡水河在台北，太远了。如果这份问卷有什么三长两短，我就去跳深圳河！"

"跳深圳河前要先穿一件太空服，免得你的尸体被深圳河里的生化药剂熏臭，我们也没法像屈原一样祭拜你了。"贝琦毫不理会子凡的个人情感，仍旧公事公办地把那份偶数卷挑出来。

全场都被他们两个逗笑了。

"哼，不指望你这个没良心的女生同情了，我才不会去做那种傻傻的事情呢！"子凡转身对大家说，"你们知道这份问卷耗费了我多少时间吗？整整一个小时！"子凡伸出他一根粗粗短短的手指。

随后，他面部表情丰富地展开了即兴演讲："我在深圳图书馆派问卷时，碰到一个老人，与他交流的瞬间，将永留在我的脑海中。由于调查问卷上字太小，他让我读给他听。每当我读完一题，他就仰起头思考一下，看着他幸福的神情，我感觉像看一个婴儿的脸一样，纯真可爱，他本人是幸福的，在思考幸福的问题时是幸福的，而我做这个与幸福有关的调查也是幸福的。留下这份问卷，我会是更幸福的。"

"好！"看着子凡最后定格在婴儿一样的神情，木禾强忍住笑，作出最终批示，"破格将这份问卷列入统计范畴，和一份奇数卷对调。"

子凡满意地点点头，又认认真真地将头伏在问卷中。

"小禾，我要把这份问卷留下。"尔雅有些任性地朝木禾摇摇手中的一份问卷，"这是我爸爸填的，他给自己的幸福指数打了 100 分。他说，能看到我就是一种幸福。"说完，她的眼睛有些潮湿，随后一滴泪珠从面庞滑下，真的哭了起来。

文学社室突然很安静。

"别哭了，把它留下就是了。"木禾掏出一块纸巾，走近，俯下身，轻轻揩着尔雅脸上的泪痕。

"肯定要给社长夫人一个面子啦！"子凡冷不丁地喊了一声，立即感受到四周射来的二十几道如箭一般的目光，于是他马上用手遮住脸，好像这样别人就看不到他了一样。

"对不起，对不起，说错话了！"子凡连忙改口，埋头苦干。

"徐子凡——，徐总监——"贝琦摇摇子凡的胳膊，作出一种小女生的口吻，"你不会介意把这份问卷和一份奇数卷调换一下吧？"

子凡头也没抬："终于来求我了。你这个冷血的女人。不行！"

贝琦狠狠地在子凡的胳膊上砸了一拳，子凡的五官顿时变形。

"社长，你来评评理。我调查的这份问卷真的相当有代表性。"贝琦看也没看子凡的面部表情，向木禾申请，"我调查的是我们小区楼下的保安员。我从没想过，他会有那么高的幸福指数——90多分。他说，他现在在深圳打工的钱赚了不少，快要足够实现他的理想了。"

"理想是什么？"子凡还没把五官摆在正确的位置，就忍不住插话。

"理想就是，回他老家办一个养猪场。"贝琦鼓起勇气，终于说出。

就连故作出一本正经的领袖形象的木禾也不得不笑出声来。

在笑声的氛围中，木禾渐渐收起笑容，拿起一份问卷，手指24题，慢慢说："'回老家办养猪场'正说明了对深圳人身份的不认同。在我发放的问卷中，有不少人在'您对作为深圳人的身份认同感'如何这一题选了'没有归属感'。我们在调查报告中应该根据统计结果写出这个问题。"

许多人，并没有把深圳当做自己的家。

打拼了几年、十几年，这座城市尽管给予了他们可以歇脚的地方，却没有给他们精神栖息的场所。

这就是深圳第一代移民的普遍看法吧。

那么，生于斯、长于斯的深圳第二代移民呢？

11：00，一层初级数据统计完毕。

12：30，二层累加数据统计完毕。

14：45，三层合计数据统计完毕。

16：30，纵向整合完毕。

18：00，报告板块形成。

19：00，散会。

木禾回到家，就一头扎进卧室里，足足睡了十一个小时，真舒服！

六

　　"远上寒山石径斜，

　　白云深处有人家。

　　停车坐爱枫林晚，

　　霜叶红于二月花。"

木禾在一张白净净的纸上用钢笔写下几行大字。

"没什么用了，送给你吧。"他将白纸随手推给尔雅。

"好漂亮的诗啊！"尔雅说。

"不过我没见过枫叶，去南京时帮我采一片，好吗？"她掠了一下鬓发，又有些懊恼的样子，"哎呀，我忘记了，现在是春末夏初，怎么可能有红叶呢？"

"没事，"他轻轻抚着尔雅肩上的一缕发丝，"我可以买夹着红枫叶的明信片寄给你。"

2007，立夏时节，南京。

眼前，就是南京东郊栖霞山的枫岭。

很有幸，木禾入选的"中华少年杯"全国作文大赛总决赛赛址就设在这个具有美感的地方。据说，是大赛顾问著名作家轩老师的要求。

这个地方真的美得很简洁。

绿，是第一印象。远远望去，岭上葱葱郁郁，是一抹亮得通透的颜色。在梅雨时节淅淅沥沥的雨幕中，像是一幅水墨刚刚散开的新画。

木禾撑着一把从路边刚买的素白油纸伞，聆听雨丝在油纸伞上划过的好听的声音，不知不觉，已到了山脚。

来南京前，木禾曾翻过一本南京的地理志，说"秋看栖霞枫叶"。

梅子黄昏雨时，一叶叶在树头叠得错落有致的翠绿枫树叶好似更有味道。绿得那样有生气，绿得那样自然。

好看的绿枫叶都在枝头，木禾却不敢采摘。

因为，它们的生命是进行时。

尔雅会原谅他的。

木禾把重重的行李箱推进会务组安排的宾馆房间。

"Hi，我叫俊男，来自成都。"一个穿着很时尚的男生躺在另一张床上，懒懒地打了一个招呼，看来是他的舍友，"晚上，去不去唱KTV？"

木禾不喜欢去K歌房，不过他还是答应了。

木禾打开手机，发现有两条短信。

打开第一条，电话簿签名"尔雅"："小禾，到南京了吗？下午你上飞机后，大家都很兴奋，等着看你从南京带回来的照片和特等奖证书。回来时，千万不要怕行李重：桔子要一串鸡血红的雨花石项链，子凡要一把诸葛亮拿的那种羽毛扇，贝琦要一件仿制的古董，郝连要一只南京盐水鸭，至于我呢？你知道啦。在那里玩得快活一些！"

打开第二条，电话簿签名"小松"，木禾皱皱眉头，他已经很久没和小松短信联系了："去了南京，还不错。你走之后，问了班里很多人，对你这次旅行都没什么反应。"

"你有没有带洗面奶？一路过来，脸上很油腻。"俊男打了个哈欠，从床上坐起来。

"没带。洗手间不是有肥皂吗？"

"找女孩子借好了，肥皂会损伤皮肤。"俊男踩上一双样式奇怪的尖顶平底软皮靴，拉开房门。

敲门声，随后走廊上传来俊男玩世不恭的懒懒的声音："晚上，要不要一起去唱Ｋ？"

一间郊区的Ｋ歌房，房间旧旧的，空气有些浑浊。

除了木禾和俊男外，都是女生，二人自然成了瞩目的焦点。

俊男半闭着眼睛，将胳膊飘展在海绵从皮革下突起的沙发，斜着脑袋，将脚放在破旧的木茶几上。

他掏出一支手枪型打火机，点燃一支烟，吐出一口淡蓝色的烟雾。

"帅哥，陪我唱首歌吧。"一个女生轻轻摇着木禾的胳膊，声音显得过于成熟，有些沙哑。

木禾侧过脸。由于靠得太近，和她的嘴唇几乎碰到一起。

是一个眉眼清秀的女生，很容易让木禾联想起尔雅，只不过没尔雅高，两只小手有些粗短，年龄也应当更小一些，还带着几分孩童般的稚气。她在对着木禾笑，露出两颗小门牙，让人猜想啃西瓜时的模样。只可惜染了一头金黄色的头发，降低了白皙的皮肤与黑漆漆的秀发的对比效果。

她把一支麦克风塞进木禾手里，自己抓起另一支，点了一首《菊花台》。

灯光被调暗了。

“我叫雨点，很喜欢周杰伦的《菊花台》。”在序曲播放时，她说。

木禾唱了几句，就觉得自己跑调，他从来没唱过这首歌。听见旁边几个女生在窃笑中私语，他立即丢下麦克风。

只能听见她一个人的声音了。

这是一首有些伤感的歌。

她沙沙的嗓音夹在不时撩起的古筝声中，显得格外悲凄。愁，莫渡江，秋心拆两半。俊男说，这是一个泛黄的年代。那么在这个笑容都已泛黄的年代，又有何种愁可言呢？

俊男把烟头捻在茶几上，长长吐出一口烟雾。

女生们围在一起，翻看一本日本漫画，木禾听出，是在研究他和俊男到底谁像漫画中的男主人公。

无聊得很。

“你们在这里慢慢玩，我有些事，先回去了。”木禾向门外走去。

“你这人，真扫兴啊！”雨点噘起嘴，不知为什么，木禾觉得她很可怜。

“别强求了，人家有事。”俊男又点起了一支香烟。

木禾快步走出那幢小楼，江风扑面。

空气很清新。

也许因为是城郊，夜空星光点点。仔细看去，一颗一颗在眼睛前渐渐浮现。

远方传来山下的钟声。

这才是真正的南京夜晚。

又是新的一天！

木禾打开窗，闻到的是夹着五月花草香的空气。

遗憾的是，木禾不能享受到山上的鸟鸣了，房间里只有俊男手机短信铃声响起的声音和按手机键盘的声音。

木禾把手机打开，两条短信，都是早上 6 点钟发的。

第一条是小松的："我希望还是不要因木禾的做事态度而将他撤职，毕竟他对班级还是有贡献的。"

第二条还是小松的："发错了。"

木禾将手机扣上，皱皱眉头。

在去往比赛现场的巴士上，木禾被安排坐在雨点旁边。

她身上散发着浓重的香水味，味道原来应当还算好闻，只是因为过于浓郁，而闻起来刺鼻。

尔雅的体香不是这样的。淡淡的，是青草被暴雨洗涤后，在有太阳的海风中晒出的味道，应当用实验室的化学试剂标签标名"五月"。

雨点抱着耳朵长长的毛绒"流氓兔"，用一把小梳子帮它梳理着"毛发"，先梳耳朵，仔仔细细，就连一根纤毛折起也要先用指甲盖捻一下，再用指尖抚一遍，最后再用短短的小手掌轻压。

木禾是一个比较爱美的男生，不过他在打理自己的刘海儿时，也没有这么细心过。

她把"流氓兔"放在膝上，对着兔子笑得很开心，露出两枚洁白的小虎牙。

她就像一个很可爱的小妹妹，十三四岁的样子。

"小兔子今天有点不舒服，我要帮它打针。"她抱起"流氓兔"对木禾笑笑，轻轻拢起它的耳朵，用手指做了个"打针"的动作。

尔雅在小一些的时候，会不会也是这样呢？不过，她可能更喜欢和真正的小兔子在一起吧。

"你的眉毛很好看。我表哥的眉毛也是这样的。"她忽然转过头，盯着他的眉眼，"我已经好长时间没见到他了。"

她又抱起"流氓兔"，把嘴巴凑到它的耳边，轻声说着什么。

"木禾，跟你换个位。我有话和她说。麻烦了。"俊男刚坐下，雨点就把头扭向车窗。俊男在她耳畔念了一些话后，她将头转过来，轻轻在俊男的肩膀上打了一下，露出一张笑脸。俊男将身材娇小的她熟练地搂在怀中，点点她红润的嘴唇。

木禾好像从来还没这样抱过任何一个女生。

他望向车窗外。

小雨无声无息，洒在离江岸不远的一方方水洼，雕琢出绿宝石一样的光泽。四面，是江岸的田野，都是生机勃勃的纯正的绿色。偶尔也有几块金黄色的方格闪现在雨帘中，那应当是油菜花开放时吐出的光芒。

小时侯，在青岛郊野，五月时，目光所能望及的田野都是这种金黄的颜色，只是很久没有看到了。

有短信，是尔雅，只有寥寥数字："小禾，加油！"

外面的世界，真的挺漂亮。什么时候，他可以牵着尔雅的手，在这遍地金黄的油菜地里走一走。

大赛顾问轩老师现场出题。

用于比赛现场的是一家报社的会堂，会堂被装点成节日气氛的红色调，是单一的中国红。偌大的会场上坐的只有几十名参赛的中学生，如果要在这里喊一声，可以听见回音。

后场站的，是许多家的报社记者，手持摄像装备，根据轩老师的建议，没有开闪光灯。

"文学的一大任务在于向人们展示生活中的美。可惜，许多当代人已经失去了这双观察美的眼睛。今天在这里，你们来自不同的家庭，不同的学校，不同的地方，受着不同生活方式的影响。但我希望，你们都能捕捉到生活中的情趣。你们有两个小时的时间，写一篇有美感的文章，没有其他任何限制要求。

"比赛场址，设在这个很有美感的地方，也就是这个原因。"

美？

是深圳起伏的天际线？是风从大洋上吹来的呼吸？是撑着油纸伞穿行于山脚下的感觉？

美的东西真的好多。

要说最美？

是她如小瀑布般从肩上披下的黑发，是她托起面颊看砧状云的样子，是她的周围好像是将冰激凌与糖果揉碎了的香气。

是尔雅。

木禾觉得自己的这个想法并不怎么符合美学中的"崇高"，但他还是提起了那支临行前写过《山行》的钢笔。

时间是 2009 年，地点是栖霞山的枫岭，枫叶已被他用笔染成了火红，人物只有两个："我"和一个不染纤尘的"她"。

两千个轻盈的行楷从笔尖流出后，仿佛已过了三年，什么故事都记不清了。木禾如坠云里雾里般地将稿纸交上后，走出大厅。

不远处的远方，是晴日里绿得惹人留恋的栖霞山。

木禾抬起手表，原来只是一个小时的光阴。

一个小时，换来一个美丽的秋天，木禾舒畅地张开手臂。

南京的确是一个具有美感的城市，但并不是每个人都懂得怎样去欣赏。

晚上，俊男又拉了一群女生去唱 KTV，木禾不想去，于是一个人夜游南京城。

双层巴士，梧桐树，行走在夫子庙前的商业街一个个向后倒去的时尚店铺，已经关门的莫愁湖公园前稀稀落落的人。

在夫子庙码头乘上画舫，便可将十里秦淮尽收眼底。

秦淮天然是水乡，可短短十里穿过的是一座金陵帝王都的兴衰史。白鹭洲、乌雀桥、桃叶渡，这些诗词中的名字在木禾面前一一闪现。历史与现代，都浸润在这条并不太宽阔的河道的水汽中。

如果手上有一支笔，木禾一定会写下一首诗的，就像李白、杜牧、刘禹锡……

手机短信铃声响了，打开手机盖，看到的是两个使木禾有烦躁感的字——"小松"："你知道为什么班里很多人不喜欢你吗？就是因为你从来不考虑别人的感受。"

莫名其妙，木禾立即按下"删除"键，好心情全被毁了。

木禾得了唯一的特等奖。晚上，他请大家去吃烧烤。

烧烤场里都是些来通宵聚会的朋友或同事，劝酒、逗笑、吆喝的声音此起彼伏，虽然已经是晚上 12 点。

"我要吃烤牛排。"

"我点烤鱿鱼。"

"木禾，我给你点了烤鹿肉。"

"有没有蝗虫？"木禾问服务员，服务员奇怪地摇摇头。他想起有一次和尔雅去实验室时看到的几支尖端被烧成炭黑色的解剖针，那才是真正的野味烧烤啊！

"我不吃了！"雨点抱着"流氓兔"跑出烧烤场，一会儿就不见了。

"雨点怎么走了？"木禾大声问，同伴们默不作声。

"她说，她要去网吧。"和雨点同宿舍的女生说，"我猜，可能是因为她刚才想吃烤虎皮椒,你没听见。"

别人的菜都点上了,为什么偏偏没有听到她沙沙的一声"我想吃烤虎皮椒"呢?

"我打电话通知会务组,得把她找回来。这里是一个陌生城市的郊区,又已经这么晚了,她一个女生在外面很危险。"木禾掏出手机。

"不要找大人,那会把事情闹大的。雨点被找到后,会怪我们。她那么敏感……"有人说。

"那我们几个人分头去找吧。"木禾放下手机,站起身来。

"算了,"俊男拉他坐下,"不要管那种小烂妹。用不着费心去找,大不了明天早上,她自己会回来的。放心,不会死人,最多就被别人玩几下。"

小烂妹?他不知道俊男怎么能说出口。

"行了,你们既不想得罪人,又不想费时间,就在这里好了。我自己去找她!"木禾转身,猛地冲出去。

她会在哪里?

早已经看不见她的行踪了。

栖霞山上的钟声敲过了,已是三更后,初夏时节的午夜,不免发觉周身有些寒意。空气好像比清晨更潮湿,如果是秋天,恐怕就会凝结成霜。

街上空荡荡。

偶尔走过两个勾肩搭背的男人，都提着空酒瓶，露着上身，不怀好意地朝四周看。

像是科幻小说中的后人类时代，街上很空，夹在一片荒芜的废墟中，没有社会，没有秩序，只有空虚与寂寞。

木禾不知道该往哪边走。

街边有一家网吧，在黑影幢幢的楼房间孤零零地亮着不起眼的招牌。

木禾从没去过网吧，他迟疑一下，走了进去。

空气令人窒息，灯光并不亮。外壳老化的电脑显示屏似乎有无穷的魅力，把形形色色的人的头部牢牢绑定在距它三寸的地方。有的人带了打开盖的盒饭，插着一双没劈开的一次性筷子。

木禾在一排排电脑间来来回回转了两次，没看见雨点或者是身材像雨点的人。

"有什么事？"网吧老板问。

"找人。"木禾答复地很简单，然后网吧老板就没再问什么，也许是习惯于这样的回答了。

夜更深了。

看看手表，已经一点钟。

应该就在这条路上，不会走远的。

木禾继续向前走。

他就是找一个晚上，也要找到她。

木禾抬头，看见了挂在黑漆漆天穹顶端的月亮，是上弦月。尔雅说，上弦月起得特别迟，睡得特别晚，就像一个喜欢晚睡晚起的懒虫，早晨上学时都可以在西边的天空看到。

而现在，就连上弦月也升到头顶了。

如果换成尔雅，会让他这么费心吗？

是一个用铁门锁住的网吧，从门缝中却能看见一丝光亮。

木禾决定试一下，他敲敲门。

过了一分钟，才有人开门。

木禾跨出门，雨点咬紧嘴唇，将头埋进"流氓兔"长长的人造毛中。

木禾拍拍她的肩膀。

她扔下兔子，将头埋进木禾雪白的衬衣中，紧紧抱住他，"哇"地大哭起来。

木禾没带纸巾，就由着她的眼泪把自己的衣服浸湿。

"雨点，别哭了。我点了烤虎皮椒，回去，我请你吃。你不是说我很像你表哥吗？来，有什么不愉快的心事就说给我听吧。"木禾捡起雨点的小兔子，拍去它身上的灰尘，放进她的怀里。

雨点不哭了，小脸却还是皱成一团。她用微微发胖的小手揉揉眼睛，又笑了起来，露出一排小牙齿。她还是个孩子呐！

一路上，她的小手抓着木禾的大手，跟木禾讲着她自己的故事。大声地笑，小声地哭。木禾耐心地听着，帮她抱着那只可爱的小兔子。

她家就在江对岸的扬州。爸妈在四年前离婚了，她和爸爸搬到那座小城后，就和妈妈失去了联系。爸爸染上了酗酒的恶习后，常常连夜不归。在这个世界上，没有谁会关心她的感受，没有谁会在大年三十的除夕夜帮她包一碗水饺。

她说，还有几个月就初中毕业了。她准备找一份工作，离开那个不像是家的家。

木禾没说话，他也帮不了她。

不过，他可以帮她烤一盘虎皮尖椒。

"真好吃！"她咀嚼着辣辣的虎皮椒，吐吐舌头，笑了。

她发自心底笑时的样子很好看，天真、素静，就像尔雅。

一年中，尔雅可以这样笑 365 天，而她只能这样笑一次。

尔雅从梦中醒来后，打开楼下的信箱，看到的是一张精致的明信片。

正面是一张火红的枫叶。

背面还是那手清秀的钢笔字：

> "远上寒山石径斜，
>
> 白云深处有人家。
>
> 停车坐爱枫林晚，
>
> 霜叶红于二月花。"

七

　　木禾认为，汉语言中最美好的一个词是：珍惜。

　　黄昏下，伫立在布告栏前的是她简单纯粹的黑与白。

　　她美丽的面庞微微向上翘起，亮晶晶的眼睛在布告栏的白纸黑字上游移。

　　他的脑海中又浮现出了这个美好的词——"珍惜"。

　　"看什么呢？"他凑到她的发际边，嗅到了她在夏日里浅浅的体香。

　　"是你啊？"尔雅转过头，开心地一笑，露出红红的舌尖，眼睛调皮地一眨，又把头转回去，把目光放在原来和布告栏所成的相同的角度。

从背影中可以看出，她的嘴角还在向上翘着。

他好奇地使自己的目光和她的平行。

是一条关于他作文比赛获奖的消息。

"在第二班委里，我没有设置'学习委员'这一职务。今后，你还可以继续担任学习委员。"做完早操后，小松气喘吁吁地奔上楼梯，抓住尔雅的手腕。

"我不知道你在说什么，也不想知道！"尔雅甩开小松的手，急步走上楼梯。

就算是在生气时，尔雅也是很漂亮的。

过一段时间，等计划成功后，他在班级的地位提高，尔雅是不会对他这样子的，小松想。

"出来，我有话跟你说。"小松拍拍石头的肩膀。

石头埋头写化学作业，就像没听见。

"1031？"若无其事般，小松阴阳怪气地念了一声。

石头慢慢抬起了头。

木禾提了一篮雨花石进教室。

"哇！这么这么多彩色的石头啊！我诸葛某人就作一次弊。这个有鸭蛋那么大，是我的！"子凡摇着羽毛扇，将一块水晶色中带一抹红的雨花石放进校服口袋，"木禾主公，分发彩色石头的任务就交给我了！"

在星期一早读前，11班每个同学的桌上都放了一块木禾从南京带回的雨花石。

"德拉库拉，噢不，小松，你的雨花石。"子凡将一块碧蓝的雨花石放在小松桌上。

"那我该说'谢了'。"小松头也没抬。

篮球赛：高一（11）班 VS 高一（8）班

砰！砰！！

"11班！"老任振臂大吼。

"加油！！！"11班的男女生一齐爆出。

"8班，必胜！！！ 8班，必胜！！！"围在篮球场另一侧的高一（8）班也毫不示弱。

11班7号得球，传球，11班1号得球，传球，11班6号投三分球，未中；8班4号得球，11班6号截球，传球，11班6号跳起扣篮，未中；

11 班 3 号得球, 传球, 11 班 6 号得球, 8 班 2 号截球成功, 扣篮得分……

11 班 6 号连连失手。

11 班 6 号是校篮球队名将——石头。

"这个石头，今天怎么回事？"老任急得撞手顿足，他向身后瞅瞅，11 班仅剩的几个男生都属平时不爱运动型。他的眼睛移来移去，目光终于锁定在在其中显得鹤立鸡群，唯一身高超过一米八的小松。

"小松，你去把石头换下来。"老任发出最后指示。

"啊？"尔雅和桔子她们都耸耸肩。

"老任，还不如让我上场算了。我也会打篮球的。"桔子自告奋勇。

"别瞎说。我相信小松还是有潜力的。"老任望着激烈地比拼着的球场。

遗憾的是，小松的潜力显然还只是"潜在的力"，没有被激活。小松高大的身影在球场上别扭地晃动，连摔两跤，没有投中一球。纵然 11 班的队员奋力拼抢，计分牌上还是显示"19∶26"的败局。

"你们 11 班没有男生了吗？"居然有一个 8 班的"螳螂男"挑衅。

老任紧紧握住拳头，在掌心中捏出一把汗球。如果准许老师上场的话，他一定一马当先，带领 11 班的男孩们将 8 班打个落花流水！

别看自己当年是足球队队长，篮球水准也丝毫不差。可惜，老任也只能像辛弃疾一样"栏杆拍遍",叹当年勇了!

想当年,他老任一旦出马,全年级 50% 的女生一定会将球场围得水泄不通。如今的女朋友,当时的"校花",还不是就这样被他征服了吗?

想当年……老任脑海中闪过了许许多多的遐想,可现在还是一筹莫展。

木禾接受完电视台记者采访后,从文学社室走出来。

篮球场上,喊声震天。

"是班长,我们班有救了!"桔子兴奋地跳起来,扑进木禾的怀抱。

木禾一愣,感觉脸突然有些发红。

"木禾!现在离比赛结束只有 15 分钟了,快,快替下小松,上场!"老任激动地做了一个"你最棒"的手势。

小松捂着在地上擦伤的胳膊,与木禾擦肩而过,斜眼盯着他。

木禾就像没看见,直奔篮球场上的一点——篮球。

木禾在球网下笔直地跳起,在空中划过一道略微倾斜的白色弧线,又一次把篮球狠狠地按入篮网。

"木禾，酷毙了！"老任大跳起来，舞拳大喊。

"班长，必胜！班长，必胜！！"成为了11班拉拉队的口号。

其中应该有尔雅的声音，但木禾没管这些。他斜刺过去，将八班一名队员的球抢下，抛出一个夸张的三分球。

球中！

"木禾，加油！木禾，加油！！"对面八班有女生也在喊。

"你们这些败类到底还是不是我们班的？"八班的"螳螂男"很气愤。

……

"高一（11）班晋级下一轮比赛，在最后15分钟的关头，11班队员连扳10球。扭转乾坤。"成为了第二天校广播站《赛事争霸》栏目的解说词。

木禾被同学们高高抬起，绕场巡游。"我们胜利了，我们胜利了！"老任高举计分牌开道。

只有小松站在篮球场边，揉着胳膊冷眼观望。

"小松，你怎么在这里？"平时不轻易出现，整天在数学奥赛研究室的朱老师气势汹汹地从球场后面的办公楼走出来。

"刚才班里有活动，我想参加一下。"小松转头，望了一眼篮球场，木禾还在被抬着绕场巡游。

"有活动？我现在真不想说你，你看看这几天你都干些什么？！下午最后一节课，上个星期，你只去了我那里一次，连一个课时的练习都没做完！如果你上课能集中精力，考出好成绩，你多参加些课外活动我也不拦你。现在，你看看！上次模拟考，你从竞赛队第一名退到了第十一名！倒数第二！"朱老师声音大得整个篮球场都可以听到，有几个学生好奇地走过来，瞧瞧这位只闻其名、难见其人的神秘名师。

"现在，上去做 20 道题，做不完别回去！"

木禾终于被放下后，汗水已经将他白色的衬衣浸湿，他索性就脱下衬衣，搭在肩上，露出一身很强壮的肌肉。

"小禾，不要忘记，说好下午放学后，要到海滩捡贝壳的。"尔雅低着头，一只手不自然地握住另一只手的手腕。

"当然不会忘记的，你看，我都从实验室里把你的宝贝塑料桶提来了。走吧！"木禾抓起球场边的塑料桶，吹着口哨。

今天下午，放学时的音乐《同桌的你》已经被淹没在篮球场上的叫喊声中了。听到的，只有海涛声。

有时，只听听海浪拍击沙滩的声音就足够了。一声一声，是潮汐的节奏。

朝为潮，暮为汐。

只不过，在校园前的这片海滩。潮一波波退却，汐一波波涨起。

脚趾踩在被水浸过的沙滩上，软酥酥的，清清爽爽。

一个美好的夏天，也许就应该行走在沙滩上度过。

木禾大步走在前面，让清凉的海风吹在脊背上，看到好看的贝壳就捡起来，递给尔雅。

不知为什么，她一路总低着头，接贝壳时总是含糊地答应。

不远处，是码头。大大小小的船只泊在那里，不时，有一两艘起航，渐渐变小，最后就消失在地平线尽头看不到的地方了。

海湾的对岸，是一组依山而建的临海建筑，应该在香港地界上。尽管是晴日，黄昏时的海面上还是会升起一层薄薄的雾，弥漫在远方，使建筑群显得影影绰绰，让人怀疑那是不是海市蜃楼。

"雅儿，你看。"木禾的手指向前方的海滩。

"啊，是海星，我最爱海星啦！"尔雅兴奋地走上前，在沙滩上留下一串脚印。

她轻轻抚摸着海星，就像在抚摸一件传世的宝物。

海星爬在沙滩上，很安静，像一片落在海滩上的红枫叶。海星轻轻动了动一只触脚，像是在睡梦中迷迷糊糊地动动手。

她的脸上，漾起两个小酒窝。

她微笑时，很迷人。

远远地，有两个人朝这边走来。手挽着手，看样子，应当是情侣。

走近了，木禾才发现，其中一个是老任。

老任朝他们挥挥手。

"任老师，下午好！……今天我来采集海洋生物标本，木禾……力气大，帮我提桶。"尔雅捏着衣角，显得有些局促。

"这一桶贝壳，真的不轻。好了，你们在这里慢慢玩，我们先走了——"老任又朝他们挥挥手，做了一个"拜拜"的姿势，挽起女友继续沿沙滩走。

老任还记得，当年他就是这样陪她在这片沙滩上走过三个春夏秋冬的。

他回头看看，木禾和尔雅也在沿着沙滩行走，只不过朝另一个方向。

他笑笑。

走下沙滩时，木禾发觉，尔雅已经牵住了他的手。

不知从什么时候起，他感觉到了她掌心的温度。

是温热的。

他没有放下。

小松回到家时，夜色已经很浓了。把书包交给保姆后，蹲到客厅沙发上。拿起遥控器，打开电视。

这一会儿，他爸爸在国外做一个纪录片策划，没人管他。

头脑中就像一团没头绪的乱麻，各种各样他自己都理不清的想法在他的眼前闪现。他点到深圳都市频道，过一会儿会播放他喜爱的动画片《少年名探柯南》。

乱，真是一种奇怪的事物。

还是无聊的城市新闻栏目《第一现场》，小松盯着屏幕，也不知自己在看什么。屏幕上上演的城市故事，与他一点关系也没有。都是些无聊的人，在以各种各样无聊的方式度过一天。

这些人就像一只只没有特征的蚂蚁，在屏幕上闪一闪，又不见了。

"前不久，市民也许会注意到，一群中学生拿着名为'深圳幸福指数'调查的问卷，走街串巷问幸福，他们是深圳湾中学文学社的100多名学生……"

小松的注意力似乎集中了一点。

"他们撰写的《深圳民生幸福指数调查报告》部分信息将作为今

后政府决策的依据，并被评为去年'深圳读书月'十大新闻之一。现在，我们来采访一下这项活动的主要负责人——深圳湾中学校文学社社长木禾同学。"

随后，屏幕上现出了木禾在文学社室拿着一叠调查问卷侃侃而谈的模样，摆出一副阳光少年的形象。小松没听清他到底说了些什么，总之讲了些夸夸其谈的"大道理"。他打着些乱七八糟的手势，眉飞色舞，一副很欠揍的样子。

他确实很欠揍。

木禾终于在电视节目中隐去了，小松关掉电视，将遥控器摔在桌子上。

他也不想看《少年名探柯南》了，他要写明天的发言稿。

用理科生的严密的逻辑思维方式写一篇发言稿！

"这是我爸爸从瑞士带回来的——巧克力，是纯手工制作的，大家尝尝。"小松晃晃手中的两大盒包装盒上镶珠宝的巧克力，将一盒递给石头，分头发放。

这样，星期二早上早读前，11班同学每人桌上有了一块巧克力。

走到尔雅面前时，小松停了一下，毫不掩饰地从口袋里掏出一小盒包装精美的镶蛋白石的巧克力。放到她的桌上，低声说："你的是有盒子的。我查过你的生日了，盒子上镶的是你的幸运石。"

尔雅没动，也没说什么。

小松走开了。

"你这种人，真的好受欢迎啊。就连德拉库拉都……"桔子张大嘴巴，指着尔雅桌上的巧克力。

"其实，我不想要。"尔雅别扭地望着巧克力，把手从课桌上抽下来，放在膝上，仿佛巧克力上有什么病毒。

"我也不想要。"桔子瞅瞅自己桌上的巧克力，撇撇嘴。

"不管巧克力是谁送的，只要好吃就行。"她们之间的闲言碎语又被子凡这只"馋猫"听到了，他还在意犹未尽地舔着嘴唇，他凑过来，盯着桌上的巧克力，"二位女士是不是不要了？"

两个女生点点头。

子凡迅速将两块巧克力揽入怀中。

……

不一会儿，子凡的桌上就码了不小的一堆巧克力，他一块一块，耐心地砌成了宝塔形。从塔尖开始，"一砖一瓦"地取下，美滋滋地品尝。

中午放学后，小松等在教学楼走廊拐角。木禾每次召开班委会，都在这里。

石头带来了五个人，都是清一色的男生。在班里，他们的名字似乎是最后被同学们记住的。

"到齐了？那我们可以开会了。"小松在喉咙里低低咳了一声，"你们在第二班委中的职位已经协商好了，我很高兴地看到，你们的志愿和我的计划书中的蓝图完全一致。"

走廊拐角没有凉棚，正午的太阳从头顶上暴晒下来，使人的头顶有种火辣辣的灼热感。汐齐挠挠头发。

"汐齐，我看出你还在犹豫。你是不想破坏和现在文艺委员桔子的关系，是吗？不过你想一下，你来自一个钢琴世家，已考过钢琴十级。你现在在班级里之所以没有得到应有的地位，是因为缺乏一个平台。如果你现在是文艺委员，你完全可以实现自己的愿望，成为11班的钢琴王子。"小松一字一句地说，汐齐不再挠头发了，却皱了皱眉毛。

"对吗？石头？副班长？"小松转过身，眺望楼下，看到一把伞，是木禾在全校独一无二的白色油纸伞，伞下，隐隐约约可以见到一波被风托起的长发。小松吸吸鼻孔。

"对，对。"石头附和着，又不说话了。

"在组建第一班委时，任老师做出的是一个具有重大失误的决定。在选用班干部时，在很多人不在教室的情况下，任老师随意地以自荐的方式任命了班委成员，使他们以不民主的方式在表面为人信服，使我们失去了创造更好班级的机会。木禾，作为班长，数学成绩很差，经常在数学课上被罚站。没听到数学老师说的吗？再这样下去，我们班就没救了。理科成绩，正是一个班级实力的象征。第二班委，又叫'一班两制'，只是我们'精英'计划的第一步。等我们掌握班级后，我们就将理科成绩，尤其是数学成绩差的分子清出 11 班，打造一个精英班级。"小松面不改色。

"现在，我以第二班委班长的身份，对下午行动进行部署。"小松从口袋中掏出一张叠得皱巴巴的纸条。

由于篮球赛的原因，这个星期的班会课推迟到了周二下午。

老任还没过来，班里的同学都坐在自己的位置上，教室里隐隐约约有些骚动。

"班长，我听见有人在说什么'第二班委'。"子凡小声说。

"我知道。"木禾微微一笑，在做数学作业。

老任绅士般地敲敲敲开的门，大步流星，跃上讲台，挽起长袖 T 恤的袖口，"男孩、女孩们，这节是班会课，也就是你们对我们的班级畅所欲言的时间。最近，有同学提出了构建第二班委的设想，也就是在我们班再成立一套班干班子，两套班子比一比，看哪一套班委班子更受同学们欢迎。过一段时间，我们再进行民主选举。现在，先请挑战者——第二班委班长小松同学上台发言。"

迎接小松的是稀稀落落的掌声。

石头拍起了掌，但没鼓出声。

小松泰然自若地走向讲台，抄起话筒，从校裤口袋中缓缓抽出一张经多次折叠而显得破损的 A4 纸。

桔子忍不住笑出了声。

小松冷冰冰地瞪了她一眼，她不笑了。

教室里静得可以听见空调机扇动的"呼呼"声。

"同学们，大家好！"小松努力挤出一个"木禾版"的灿烂笑容，却让人联想到了"无赖的面部表情"这个短语，他把发言稿放在胸前，渐渐恢复成了他平时的口气。"第一班委是一个很不错的团队，班长木禾也多才多艺，受同学们欢迎。

"但是，这个班委也存在着种种弊端，比比皆是，比如，在上一次期中考试，我们班的数学平均分由年级第二名下滑到了年级第三名，我们班的第一班委对此有不可推卸的责任！又如，木禾本人的数学成绩不高，从来就没有超过班级平均分，木禾有不懂的数学题，还要问我呢！

"这些弊端日积月累后，将成为班级进步的障碍。我相信，我如果有幸成为班长，将能切实解决同学们的理科学习问题。众所周知，数学是高中最重要的科目。第二班委将带领 11 班走精英化道路！谢谢！"

小松深深地举了一躬，欢送他的还是稀稀落落的掌声。

老任走上讲台，不舒服地挠挠后脑勺，终于说："小松刚才已经做完了代表第二班委观点的陈述。现在，请现任班委班长木禾发言，有请。"

木禾站起来，走上讲台。

掌声响起，这才是真正的掌声。桔子从课桌中抽出一本《故事会》和一本《萌芽》使劲敲打，好像是在歌星演唱会现场："班长，你最帅！"

老任把话筒递给木禾，木禾接过，关掉了话筒，放在桌上。

"君子坦荡荡，如果大家对班级工作的哪些问题有意见，可以直接提出来，没必要组建一个第二班委，现在的班委成员——尔雅、桔子他们都会尽力满足大家的要求。

"小松现在要组建第二班委，不就是针对我个人吗？如果大家确实不认可我的班级工作，我一个人辞职就可以了。现在，支持我继续担任班长的，请举手。"

几乎全票通过。

"我可以参与投票吗？"老任问，就像学生在请教老师问题。

木禾点了一下头。

老任把右手笔直地举起。

"卫冕成功，祝贺！"老任用力击木禾的手掌。

从此，"第二班委"不了了之。

"请找一下小松。"数学奥赛教练朱老师站在 11 班教室前门，阴沉着脸。

小松木然地站起身，从后门走到前门，眼睛一下也没眨。

八

窗外，下着雨，下在十六岁的夏天。

开始，是一点一滴，小小的雨滴重重地敲击在铁制雨棚，发出并不空灵、却别有一番韵律的声音。尔雅却说，那不过是蒸馏过的水从天空落下，然后打在铁板上发出的声波罢了。木禾摇摇头，并不赞同。

不过，如果说所有的声音都是一种声波，那么他最喜欢听尔雅的声波。

尔后，是咆哮的骤雨，暴躁地从天空泻下。一会儿，就模糊了视线。

如果能化作雨，做一场暴雨也不错，急如闪电地疯狂奔流，肆意地将自己的一切淋漓尽致地释放。

但是，暴雨后，夏花残、新叶落，它毁了一个美丽的夏日。

化作雨，还是化为雨滴好。可以为自己喜欢的世界、自己喜欢的人演奏那一串串简简单单的声波。

深圳之夏的雨，去时也快。现在，窗外又是一个晴日。

晴日里，看到的是她的笑容。

一辆红色夏利停在校门口。

"上车吧，我们直奔文博会会场——会展中心，一定要赶上开幕式。"一个梳着"扇子头"的男青年摇下车窗，指指车后座。

木禾二话不说，立即拉开车门，钻进车内。

"在文博会期间，我报聘你为专栏记者。开始我想，让一个学生写专栏在深圳还是首例，纯粹是我们总编的突发奇想。后来我看了你写的《深圳民生幸福指数调查报告》，不错，有新闻眼。"男青年边摇着方向盘边说，"我呢，就是你这几天的师傅，英文名是David，叫我D哥好了。"

D哥抓起一个小背包，递到后面："你的工作装备。里面有一份文博会会议手册，一张文博会会场分布地图，你的文博会临时记者证，一架1000万相素的柯达相机，还有一个采访笔记本及具体采访要求。"

9馆、1馆、8馆……

往哪里走？

木禾连忙从背包里翻出地图。

"先分头行动，等一会儿短信联系。"D哥做了一个"必胜"的动作，向其中一个展馆走去，一会儿就不见了。

木禾的方向感不错，但这张地图太抽象了，就算是喜欢整天抱着一本《世界地图册》看来看去的尔雅也对这幅地图无可奈何吧。

索性，木禾就随便扎进了一个展馆，右手持相机，左手拿采访本，大步挺进……

这里，应该就是手册中说的城市与生活展区了。

紫色背景的舞台上，一队金发女郎手持琵琶，却分明是在跳霹雳舞；极具震撼力的动感音乐在打着节拍，伴随着一声不知该说是响彻云霄还是毛骨悚然的尖叫，一个绿色"爆炸头"青年从一层薄薄的软垫上弹跳到了会场玻璃穹顶处；五颜六色的液体在一个巨大的容器中吐着泡泡，随着一声巨响，花花绿绿的液、固混合体洒了木禾一身，抖一抖衣服，却都掉落在地面上，不见了……

这就是新潮的城市生活！

木禾快速按着照相机快门，将闪光灯的闪亮溶在四射的五光十色中。

木禾走到绿色"爆炸头"男士身前，亮出记者证。刚准备张嘴。

"哇！呼！"谁知，"爆炸头"男士一蹬脚，又消失在头顶的玻璃穹尽头了。

木禾走到了"城市与生活"展馆的另一头。

这边似乎安静一些，便于采访。

空气中响着熟悉的音乐《绿袖子》，这种气氛比纯粹的静更令人舒心。

未来的城市生活，应当属于这里啊。

走着走着，思维在不觉间清晰了很多。

蓦然回首，看到有人在招手。

原来尔雅他们在这个展馆。

桔子首先大喊："班长，我们要'走后门'。先来采访一下我们吧。"

木禾举起相机，闪光灯一闪。

尔雅纯净的笑定格在相机里，真是最好的一张照片。

"这是我们人与自然协会的展品,是一组未来海上城市的建筑模型,品名叫'海之恋'。"尔雅穿着工作制服做出一副一本正经接受采访的样子。

这组城市设计堪称完美。

一座座圆穹形建筑间彼此一衣带水,如一串珍珠撒在碧蓝的海面上,好似一条浸在海水中的项链。随着水面下的机器运转,人工制造的潮汐在一波波拍打着圆穹建筑前洁白的沙滩。随着灯光效果的变幻,白天与黑夜交替。

最美还是光线若有若无之时,淡淡的光晕散在白色的海滩,应该是黄昏了。

木禾的脑海中浮现出这样一组画面:在黄昏之时,一个男人牵着一个女人的手,从'海之恋'圆穹建筑中走出,在这片明洁的沙滩上行走。

只是这样踏着夕阳行走,留下两行脚印,要行走到海岸线上太阳落下的地方。

他说,海风的味道很特别。

她说,是大洋里飘来,夹着水汽与海藻气味的原因。

那么,又是在何时呢?

"想什么呢？采访结束了吗？"尔雅拍拍他的肩膀，轻声问。

"采访完毕。"他回过神来，行了一个军礼，作为一个记者，也可以用这种方式代替职业礼吧。

尔雅和桔子同时捂住了嘴巴，她们一定觉得他这个动作很傻。

"咦，他们回来了。"两个胖胖的男生气喘吁吁地合力提着一袋饮料，小跑过来，空闲的一只手不停地抹着脸上的汗珠。

"这两个总游来游去的家伙终于回来了。让他们在这里看几个小时展位，我们让班长请我们吃饭，然后好好逛逛。"桔子指着刚坐下去，拉着衣领扇动的两个胖子说。

尔雅表示赞同。

"你们不喝水了？"一个胖子递过一瓶雪碧。

"不喝了，两个家伙自己慢慢喝吧。我们要跟帅哥去吃饭喽！"桔子甩甩手，和木禾、尔雅一起走了。

"太不够意思了，我们跑前跑后的，转了大半个会展中心才买到了这几瓶水。这个文学社社长，一会儿就把我们的美女会长给搞走了。"两个胖子愤愤不平地嘀咕。

木禾手持相机，走在前面。

桔子和尔雅一会儿看看"复制手掌"的演示，一会儿又看看银光闪闪的金属饰品，一会儿又在一起窃窃私语，不知说些什么。

木禾不得不停下脚步。

这些女生！

她们总是这样！

不过，木禾很喜欢看她们在一起说说笑笑的样子。

木禾在周围的几个展位转了一圈，做了不少采访记录。回来后，发现她们还在这里，盯着一把橱窗里的大刀聊来聊去。

原来，女生也这么喜欢兵器啊。

刀光林立，剑戟森森。

文博会上的古兵器展果真不假。

骑兵大刀，方天画戟，流星锤，锁子甲……

"我们这里的展品是要出售的，过一会儿还有很多顾客要来看。没事就到别的地方转转。会场那边也有一家兵器展，是随便看的。"一位头发花白的老先生板着脸，在向尔雅和桔子下逐客令。

"那打扰了。"尔雅拉起桔子，拍了一下木禾的肩膀，向门外走，桔子不乐意地"哼"了一声。

"老先生，幸会、幸会。"木禾上前一步，伸出一只手，另一只手掏出记者证，"报社记者，如果您有时间的话，麻烦您接受一个关于古兵器的专题采访，可以吗？"木禾身穿正装，倒真有几分专业记者的样子。

老先生激动地用双手握住木禾的手，"要不要喝茶？"

木禾摇摇手："您客气了。"

他便拉着木禾，走到刚才尔雅和桔子反复研究的大刀前："这把刀，是太平天国将军陈阿林的佩刀，历经多年，仍然完好，刀口几乎没有缺损。这口大刀，具有很高的历史价值与收藏价值。这是关于这把刀的一些资料，您回去可以看看。这次文博会，我们就是想重点拍卖这把刀，就劳驾您多写写，宣传宣传。"

老先生的视线扫到两个站在门口等候的女生身上，又说："这两位是您的朋友吧？刚我只是开开玩笑，不要误会。来，你们在这里多转转，我来向你们慢慢介绍这些传世兵器。"

"来，两位姑娘，进来看看。"老先生的神情和蔼了许多。

"还是班长牛！你看那个老头子，简直是一个'势利眼'。"桔子使劲摇着木禾的手。

"小禾，我和桔子已经研究好了。今天中午，我们要吃寿司。要吃三文鱼，三文鱼体内富含深海鱼油 DHA。DHA 又称为二十二碳六烯酸，可以改善血液质量……"尔雅又开始了她的"人与自然"版演说。

黑压压的一群人挤在前面的一个展位附近，人群中，传出"尚天"这两个字。透过人群的缝隙，可以看到整整齐齐的一个由黑色金属色包装的 CD 碟组成的方阵。

木禾想起来了，今天是尚天的新发唱片签售会。

尚天看到了他，朝他打了个招呼。

他回了一个"Victor"的手势。

尔雅拿出手机，透过人群的缝隙拍了一张尚天的照片。

这不是他喜欢看到的尔雅，虽然不喜欢的没有道理。

"班长，你跟他比较熟。找他做一个采访，然后拉他和我们一起吃午饭吧。"桔子提议。

"我今天的采访内容已经完成了，不如改天再说吧。我们先去吃饭，尚天学长可能已经吃过午饭了。"木禾简单地说。

"好吧，有班长陪我们吃饭就 OK 了。我现在真的肚子饿了！"桔子总是喜欢附和木禾的话。

尚天和我。

我和尚天。

吃饭时，木禾说话很少，始终在思索这个问题。

没注意，木禾把碟中所有的芥辣都蘸起。

桔子在偷偷地笑。

"停！"尔雅的手伸向他的手腕，他没注意，寿司和筷子落到了地上，地板涂了厚厚的一层绿色，"吃太多芥辣是有危险的。你在想什么？"

"没什么。"木禾摆摆手。

桔子和尔雅闲聊，木禾什么也没听清。

过了一会儿，他突然听到桔子说："你觉得，班长和尚天，哪一个更 attractive？"

尔雅想了一会儿，若有所思地说："他们两个挺相似。只不过，尚天更出彩一些。"

"什么！肯定是我们班长更帅一些啦！"桔子绝不赞同。

"但是，尚天会唱歌嘛。"尔雅挽起白皙的手腕，呷一口大麦茶，故意斜眼瞟了一下木禾。

木禾装出若无其事的样子，低头吃起生鱼片。

"嫉妒了，是不是？怪不得不请尚天和我们一起吃饭，原来，小禾也会嫉妒别人啊？"尔雅纤细的指尖指向他，点点，好像是在数落一个不听话的小孩。

呵呵，原来，他也会嫉妒别人。

木禾不好意思地笑笑。

却发觉尔雅的眉眼越发吸引着他。

上午，有一节外教课。小松打开教学投影设备后，准备到数学奥赛研究室去自习，应付下周校数学奥赛队的模拟考。

外教 Alice 在黑板上写下几个大字："Class 11 like me, because……"（11 班喜欢我，是因为……）

小松想知道 11 班的同学为什么喜欢他，于是按外教的要求，和其他同学一样翻出一张草稿纸，写下'Class 11 like 小松, because……'在旁边画了一个心形，留下一大片空白由其他同学填写。

教室里发出窸窸窣窣的响声，一张张纸不时从前往后、从后往前，呈折纸型在教室中传阅。

"哈！"莫名其妙地爆发出一声大笑。

"哈！"又一声。

外教 Alice 走过去，拿起那张草稿纸，耸耸肩，说了句："Terrible."（糟透了）

木禾不在，子凡就索性帮他填了一张纸。传回来时，已写满了'Famous, wise, brave, modest, handsome, friendly, strong……'（有名、智慧、勇敢、谦虚、帅、友善、强壮……），还有一个不起眼的角落，写了三个中文：小孩子。

子凡认认真真地摸摸脑门，写下了长长的一句话："many girls like you, and a beautiful girl loves you deeply."（许多女孩喜欢你，而且有一个美丽的女孩深深地爱上了你）。

刚写完，那张引来一路笑声的皱巴巴的草稿纸就传到了子凡手里，上面写的频率最高的是 evil（邪恶），次高的是 mad（疯狂），第三位的是 Dracula（德拉库拉）……

子凡拿起一支笔，深思熟虑了好一阵子，终于写下 horrible（可怕的）。

下课后，小松将传回来的草稿纸撕成了碎片，丢进垃圾桶。他冲出教室，重重地摔门。又折回来，僵在座位上，把铅笔摁在一张布满横七竖八数学符号的纸上，拼命涂着……

木禾说，我要走了。

尔雅说，我有些不舒服，也先走了。

他牵起她的手，走在会场外红红绿绿的瓷砖铺成的小道上。

谁也没有说话。也许，言语都没有必要吧。

尔雅低着头，看看自己的鞋尖。

木禾望向前方，在看路上川流不息的车辆。

有风，天空上灰蒙蒙。

风是一阵阵吹来的，渐渐强烈，后来居然有拉朽摧枯之势，将路边几十岁树龄的老榕树摇得瑟瑟发抖。

"是台风。"她说，忙乱地抓紧裙摆，"昨天预报过的，我忘记了。"

风更强了。

她走路有些摇摇晃晃，黑色的秀发狂乱地在风中飘舞。

风中夹了雨。

木禾想撑开油纸伞，逆风，怎么也撑不开；如果顺风向，恐怕竹制的油纸伞经受不住台风的力量。

他把尔雅拉近了。

"我怕。"她说，抓住了他的肩膀，紧紧地贴住他。

木禾有种奇妙的感觉。

好像已经到了这个世界的最后一天，地老天荒，逝去了都市，逝去了繁华，逝去了几乎所有的一切。这天有狂风暴雨，看似喧闹，其实什么也没有。只有他，站在那里，她紧紧搂住他的肩膀。

在潮湿的雨中，他还可以闻到她的体香。

耳边听到的，是她的呼吸。

在这样的风雨中，木禾走得很慢。

但他还是在稳健地移动着自己的脚步。

路上有的士，却行驶得很快。一招手，发现里面已经坐了人。

还好，到了公交车站。

尔雅全身湿透了，雪白的女式衬衣浸了雨水，成了半透明色。

尔雅朝木禾尴尬地笑笑，将两只胳膊抱在胸前。

木禾从包中翻出一把自己用毛笔提写了几行字的白纸扇，打开，递给她："这样总可以了吧？"

她接过扇子，放下胳膊，优雅地摇着扇子，读着纸扇上的题字，清朗朗的女生轻轻地响起，

　　　　"十六岁，

　　　　　　是秋天，

　　　　　我又听见了海涛声，

　　　　这里的叶子却不会黄。

　　　　　　我，

　　　　　　　走过，

　　　　　　遇见了……"

她的脸上微微一红，停住了，很认真地开始默读。

木禾翻开手机盖，是 D 哥的短信："小木，晚上八点前把采访稿发给总编。"

尔雅还在细心地翻看纸扇上纵写的小楷。

一辆 65 路巴士停下。

"雅儿，我要赶回去写采访稿了。小心，别着凉。"他把油纸伞塞给尔雅，冲进雨幕。

"小禾，你的伞……"

他没听到，挤上公交车。

1500 字的新闻稿，洋洋洒洒，终于完整地呈现在电脑屏幕上了。

木禾斜倚在靠椅上，长吁了一口气。

把目光集中在电脑屏幕右下角的时间显示栏上，已经是晚上七点五十分了。木禾立即打开电子邮箱，敲上邮箱地址，最后点击"发送"。

发送成功。

木禾总算能舒心地笑了。

摸摸肚子，却发觉有空虚感。在华强北、东门接连遭遇了两次堵车事故，木禾不得不下车又上车，如此反复了三次。回到家已经六点半了，到现在他还没吃饭呢！

不能委屈了肚子！

爸妈都不在家，木禾从冰箱中翻出一瓶可口可乐，一个面包。他准备为自己煎两个鸡蛋，三片培根，小吃一顿。

没想到，在他刚把油倒入锅中时，手机响了。他连忙在电磁炉上按下"停止"键。

是 D 哥："小木，总编说你的稿子得重写。要把你写的未来城市建筑模型，比如说那个'海之恋'客观地表现出来，不要带太多个人主观情感。明白吗？我们记者的职责在于记录，不是评论或想象。这样吧，你一个小时后把新的稿子发给总编，要快，明天报纸就要出版了！"

真不明白，他觉得这样挺好嘛！

罢、罢。

木禾啃了几口面包。灌下半瓶可乐，又坐在了电脑前。

客观切入，组织语言，输入电脑。

半个小时了，才写了 600 字，继续奋斗！

木禾只恨自己的打字速度太慢。

他长长的手指在键盘上噼噼啪啪地敲击……

1500 字，终于填完了。

木禾迅速登陆邮箱，卡在九点整准时将稿子发入总编邮箱。

他打开采访用相机，找到了那张在会场给尔雅拍的照片——脸面向右侧了 30 度，一抹光晕涂在她如瀑的秀发，尽管身穿制服，笑容中却有些孩子气。

真是一张好照片，可惜他今天专栏的照片部分被一则卖家用电器的小广告给抢走了。

不过，许多年以后，他仍可以拿着这张照片，在她眼前炫耀。

她现在在干什么呢？

手机铃响，还是 D 哥："小木，总编让你把稿子再修改一下，文学化的语言不要使用太多，语言也要客观一些。什么'轻若飞鸿的身影'啊，是好词，但没具体向读报的人陈述。九点半前，一定把稿子发给总编。"

改吧……

刚拿起的面包又得放下。

终于收到了 D 哥的短信："OK，成功！"

木禾兴奋地冲进厨房，按下了电磁炉的"开始"键。

培根，真好吃！鸡蛋，也不错！

一天天，一年年。奔走于这座城市的校园与街巷，呼吸的是这座城市带着咸咸海水味的湿漉漉的空气，体味的是它年轻而又充满动感的文化脉搏。

他喜欢这座城市，喜欢它朝阳袅袅的深圳湾的清晨，喜欢它夏日里在蝉鸣声声中花香飘溢的气息，喜欢它活力四射的华强北商业街的不眠夜，喜欢它的靓丽、青春与不拘一格。

九

一年后，还是初夏。

木禾、子凡和桔子都在二年级（1）班，是文科班，木禾是班长，老任是班主任。后来不知怎么编排的座位，子凡和桔子成了同桌。

尔雅去了二年级（10）班，是理科班。

之后，他和她的联系似乎少了很多。

清晨，他依然会在蓝色玻璃幕墙前遇到她，然后牵着她的手，直到走进校园深处；黄昏，他轻声叫着她的名字，撑起那把油纸伞……

仅此而已。

也就足够了吧。

小松也在一个理科班，却只能说，名义上属于那个班级。

他几乎所有的在校时间，都耗在数学奥赛研究室。

朱老师说："你也该继续上主科的课程，万一数学奥赛得不到奖，我担不起这责任。"

回到班级后，上课铃一响，他又溜回了办公楼上的那间小屋，一道一道地做数学题。

三个小时，一本 15 页的题集。

朱老师在窗外看着，摇摇头，又点点头，也就没再说什么。

"各位，各位。木某人有一件私事相求。"木禾站上讲台，对全班同学说。

"班长，什么事？这么神秘？"坐在最前面的女生拿开小镜子，问。

"麻烦大家每人采集两种开花的植物，越不常见越好，明天带来。拜托！拜托！"木禾深深鞠了一躬。

台下一片疑惑。

"是这样的。"子凡连忙冲上去解释，"班长夫人，噢不，班长的女友非常非常喜欢花，各种各样的花。明天是她的生日，大家一定要帮忙！一定！一定！！"

　　木禾真想封住子凡的嘴！

　　可没想到，大家就这样心领神会了。

　　尔雅确实喜欢花。

　　不过，明天，不是她的生日。

　　下午，木禾和出版社编辑到怡景动漫基地协商新书《一个深圳的童话》插画的有关问题。

　　得到的答复出乎意料，动漫公司决定免费为《一个深圳的童话》做插画，条件是让他们以该书为脚本，制作52集的同名校园题材动画片。

　　一拍即合。

　　动漫公司艺术创作室的布置很古朴，灯光并不太亮，别有一番清静之感。背景是齐白石的画像、仿徐悲鸿的奔马图、墨色渲染的黛色山水画……只是在一张工作台上，摆满了各式各样的卡通人物塑像，有木禾见过的，但更多的是没见过的。

　　"我们准备，在半个月后的文博会上，正式跟你签订《动画改编协议》，和你的新书首发式同时进行。我们要制作一个动画预告片，你今天回去写一首主题曲歌词……"动漫公司的王总经理说。

"现在写吧。有纸吗？"木禾问。

提起一支小狼毫，三分钟，木禾在素白的宣纸上写下十几行工整秀气的行楷。

"才子啊。这样吧，动画人物中的男主角就由你本人担任模特好了。至于女主角……"王总瞅瞅木禾，"也一定有人选吧。这样，你明天把她带到我们公司。"

"我可以提供照片。"木禾说，尔雅在准备一个月后生物竞赛的实验考试，这对她而言很重要，他不愿打扰她。

木禾轻轻推开生物实验室的门。

她在练习"徒手切片"，用刀片切洋紫苏。

她的右手持刀片游移，无声无息。

只有她一个人，实验室里好安静。

在他常常提起的那只桶里，插的都是花，有紫色的勿忘我，火红的凤凰花，雪白的万年青……

几个实验桌上的，也是花，是他前些天和尔雅在校园里采的野花：有蟛蜞菊、含羞草、野牡丹……

而他最喜欢的，是中间坐着的校花，尔雅。

这个想法好似不怎么纯粹。不过，他就是愿意这样想。

她微微抬起头。

看见他伫立在门口。

她的手抖动了一下。

刀片划伤了她纤细的指尖。

他急忙从实验室的柜子中翻出创可贴，打开。帮她敷上，轻轻抚着她的手。

"以后小心一点。"他说。

"嗯。"她点点头。

他托着她洁白的手，只是喜欢这样看着。

"哦，"他转身奔向门后，有点吃力地提过满满一桶采来的植物，"你的。都有可能考到。"

每株植物的顶端，都开着花。

其中许多，是尔雅也不知道是什么名字的。

有一天，他问，生物奥赛实验考试的命题范围包括哪些植物。她说，所有在五月开花的植物都可能考到。

五月的夏花，都帮你采到了吗？

那么，就是一个完整的五月之夏了。

漫长的夏天，也只有数月。

五月，恰是夏初。

"小松，这次全市奥赛模拟考，你还是第一！"朱老师兴奋地拍拍小松的肩膀。

"噢。"小松点点头，然后就继续做《解题研究（86）》的第19题了。

也没什么，反正其他事情和他都不相干了。

他只能拼命做题，然后进数学奥赛冬令营，在深圳湾中学立一世名！

夏日的童话，好似总是被太阳烤得化成雨滴。

其实，并没有雨，不过是阳光流下的金色年华。

新建的深圳中心书城坐落在"诗书礼乐"主题文化广场，面积很大，里面有多种时尚店铺、创意生活小店，不像是一个书城，倒更像一个大型文娱休闲中心。每年深圳文博会，都会在这里设一个分会场。

书城大厅轻音乐停了，有通告："顾客同志们请注意，今天下午一点钟，在书城南广场的文博会论坛上，将举行深圳少年作家木禾的新书《一个深圳的童话》首发式及同名校园动画片《一个深圳的童话》新闻发布会。届时，深大校园人气乐队 Tropical Tree 的主打尚天将唱响动画片主题曲。"

"禾子,"有人拍了一下木禾的肩膀,是尚天,着一身白衣,"没想到是我吧。会务组到深圳大学贴海报招歌手时,我可是第一个报名的。不过,会务组提前没和你说。这是我们之间的小秘密,希望能给你一个惊喜。今天我这身装束,应该是你喜欢的风格了。"

木禾突然想起一年前到文博会上进行专题采访时的情景。当时,为什么就没采访一下尚天呢?他不由得有些愧疚。

谢谢,尚天!

尚天的影响力果真非同一般。刚坐下没几分钟,就有几个学生样子的年轻人递上纸和笔,找他签名。

"禾子,你也签几个。"尚天把纸和笔转交给他,"介绍一下,这是《一个深圳的童话》的作者,我的师弟,校园作家木禾。这才是今天新闻发布会的主角。"

没过多久,书城南广场前的观众席就坐满了人。后来的,就只能在旁边的过道上站着了。好多双眼睛,在朝尚天观望。

"小木。"有人打了一个很响亮的响指,D哥绕过后台,朝木禾招招手。这回,他肩上扛了一台摄像机,样子有些滑稽。"听说是关于你的新闻发布会,我立即向总编申请,由我挂帅。我徒弟的大事嘛,做师傅的怎么能不来?后面有一群记者在等着找你采访,我是师傅,有摄像优先权。来,先摆几个pose。"

是她。

纵然人山人海，他还是一眼就认出了她的眼睛。

他只是随便望去，没想到真的看到了她。

"你怎么在这里？"他问，还有三天，就是生物竞赛的决赛了。

"中午午休，偷偷溜出来了。我在……你可能会更开心。"她说。

他抱住了她。

他真的很开心。

就像童话里一样。

天空中，下着蒙蒙细雨。一丝一丝，从天空抹到地面。

夏已尽，秋又来。

火车站上的铁轨，也是湿漉漉的。

车站上人很少。

天色晦暗，已是黄昏。

雨滴，从油纸伞上一颗颗滑落，落下去，清朗朗的声音真好听，这应该是八月最后的雨滴了。

汽笛响起，火车来了。

小禾提起行李箱，向后回望。有急促的脚步声敲击在水泥地，一声声，渐近。

雅儿的长发被微风吹起，浸湿雨丝。

雅儿扑到了小禾的怀抱。

小禾俯下身来，将她抱起，吻她。

小禾说，我要走了。

"我和你一起走。"她说。

火车汽笛响起，正要启程。

预告片在轻音乐中结束，从四周到中心，完美地收幕。

吉他在耳畔响起，随后是尚天极具穿透力的歌声：

"十六岁，

是秋天，

我又听见了海涛声，

这里的叶子却不会黄。

我，

走过，

遇见了你，雅儿。

看见了你的眼……"

"禾子，一起来唱。"尚天递过一只麦克风。

吉他的色调陡然成了一片火红色的热力色调。

尚天大声地唱，木禾小声地唱。

> "十八岁，
>
> 是夏天，
>
> 江南枫叶未染色，
>
> 未染色，未凋零，
>
> 却已经，
>
> 放在了我心里。
>
> 期待着，
>
> 那一天，
>
> 还是在一个秋天，
>
> 我可以，
>
> 轻轻告诉你，
>
> 一切——"

"再来一遍！再来一遍！"有好多歌迷站起来，拼命摇着击掌器。

"歌好好听！天哥，再来一次！"

"两位帅哥从头合唱！"

会场的气氛沸腾了，越来越多的读者拥在一、二楼间的楼梯上，挤得密密麻麻。

青色调的吉他音又轻轻拨响：

"十六岁，

是秋天，

我又听见了海涛声……"

往事历历在目：

9月15日，晴，他被任命为文学社社长，她对他竖了一个大拇指。

10月14日，小雨转晴，她和他上后山采集植物标本，她责怪他破坏了树木，下山时，他拉着她。

10月20日，晴，他们一起去书城做调查，吃饭时，她将餐盘扣在小松脸上，她不喜欢听别人说他坏话……

往事，都飘散在歌声里了。

这真是一首好歌。

他朝台下那个位置望去，不知什么时候起，她不见了。

十八岁的秋天，会是什么样子的呢？

十

　有一天，尔雅问他："女子最大的优点是什么？"

　"好，"他说，"女、子，合在一起不就是好吗？"

　尔雅确是一个好人。

　记得那是 6 月 6 日，高考的前一天，天空中下着小雨。第二天，尔雅要去广州参加生物奥赛实验决赛。

　那天，她很早就来到了学校生物实验室。解剖昆虫、绘制花图式……似乎没停过几分钟。

那天，对她而言，很重要。

高考前，学校进行教室清理，不用上课。于是，木禾来到生物实验室。

他，没干什么，不过帮她清洗一下用过的解剖针、解剖剪、镊子……然后擦干净，递给她，在远处默默地看她做实验。

有人敲门。

她抢先一步，打开了门。

是一个打扫卫生的阿姨，年龄大约跟他们的父母差不多。

"同学，你能帮我找这几本书吗？"这位阿姨怯怯生生地递上一张小小的字条，尔后，有些兴奋地说："我儿子去年考上了重点高中，是我们那个村子唯一考上重点中学的。在学校，他年年都考第一的！他让我帮他找这几本书，他说高中生都有的。我们家穷，买不起。楼上过道里有很多毕业生扔掉的书，可我又不识字，你帮我找找行吗？"

"我去吧。"木禾要从尔雅手中取过字条。

子凡冲进实验室，上气不接下气："我知道你一定会在这里。快，深圳中学生文联主席来了，在校会议室，有要事找你！"

"雅儿，等一下，等我回来。"他把字条放在实验桌上，被子凡拽了出去。

他被聘为深圳中学生文联学生主席。

真是一件令人振奋的好事！

两个小时后，交待完一些须知事项，他从校会议室走出。

从教学楼走下，是黄昏。

在二楼，他看见尔雅蹲在高三教室前的书堆旁，怀里抱着几本书。

她校服的背后，已经被汗水浸透了。看样子，已经找了好长时间。

"找到这么多，就还差一本了。"她把怀里的书递给木禾，笑笑。

"你不要找了，现在就回实验室！找不到，我帮阿姨买。"木禾命令她，有些生气地把她找到的书丢在一边。

"干什么！这是我要给阿姨的。"她拍拍书上的尘土，抱在胸前，不悦地瞥了他一眼，"这本是《早读晚练》，在书城买不到。"

她又伏在书堆前，一本本地细心寻找。

木禾能做的，只能是帮她找书。

后来，尔雅因 0.5 分之差，与生物奥赛一等奖失之交臂。

木禾知道，得了一等奖，就可以获得保送重点大学的资格。

尔雅说："没关系。"

也许，这真的无所谓。

他只知道，他见过了最美丽的尔雅，那个在黄昏中为别人找书的女孩。

窗外，酒红色的夜，深圳一中招待所。

"小松，都 11 点半了，你该去休息。"朱老师看了看墙上的挂钟。

小松摇摇头，眼睛还在《解题研究（482）》的最后一道题上。

朱老师知道，不把这道题解出来，小松是不会睡觉的。这孩子，就是有这样一股劲头。

小松知道，他即使现在躺在床上，也睡不着。

明天，就是决定他命运的时候了。

明天在深圳一中的奥数决赛，他一定要赢。

"关于 11 月读书月期间深圳中学生文联承办的校园文化论坛，我们学生组委会通过了多类别社团参与的方案。"木禾走进深圳中学生文联秘书处，对两位指导老师说，呈上一份建议草案。

"我说，你们这些孩子怎么这么倔呢？"李老师接过草案，皱紧眉头，"不是说过，普遍由各学校的文学社团参与吗？"

木禾站着，没说话。

"有创意，有创意！"许老师眉开眼笑，"这份方案好，我们这次校园文化论坛一定能成功！"

"那么，我还有一个小小的请求。"木禾眨了一下眼睛，"由于这次论坛，我担任主持人。所以，我推荐我校人与自然协会会长尔雅同学代表学校参与论坛。"

小松端着盘子，走在深圳一中食堂滑溜溜的地板上。

看来刚拖过地。

真令人不舒服。

他抓紧时间，一刻不停地将做过的482套《解题研究》中的难题的关键步骤一一在脑海中回放。

一个女生从食堂的铁桶里舀粥，一小勺、一小勺地舀，似乎要舀个没完没了。

女生就在他前面，他没法过去。

"喂，让路。"他喊了一声。

这个女生似乎耳背，没反应。

小松索性从她身边挤过去。

她动了一下，小松在滑溜溜的地板上打了个趔趄。险些摔倒。他脚扭了一下，有些疼。

"你耳朵有问题啊！？"小松揉着脚踝，愤怒地朝女生大吼。

那女生竟委屈地哭了起来，越哭，声音越大。

"哭什么！痛死我了，你还哭！你真的脑子有毛病？"小松恨不得揍她一拳。

"欺负我们学校的女生，算什么能耐啊？你们学校的人就这种素质？有本事，一个小时后的奥赛比一比，看哪个学校的成绩高！"一个"小地雷"样子的男生大义凛然地走过来，仰着头向他挑战。

这家伙，更欠揍！

小松气得脸面紫红，难以克制地朝空中挥舞起拳头。

"砰！"右手正好打在走过来的食堂师傅的电热壶上，一壶滚烫的开水浇在了小松的整个右手上。

小松试着用裹满纱布的右手握住笔。

钻心的疼痛，笔滑下来了。

他改用左手，歪歪扭扭地在草稿纸上运算，写得很慢，根本看不清。

他有种大难临头的感觉。

头脑突然间乱得很，各种各样曾令他不愉快的事一齐向他袭来：他喜欢的尔雅，将沾满番茄酱的餐盘狠狠扣在他脸上；木禾，那个狂妄的小子，活灵活现地在电视机上眉飞色舞；篮球场上，他屈辱地被叫下了场，让该死的木禾出尽风头；外教课上期待别人对他的评价，没想到纸上写满了对他的憎恶……

啊!

还有。他无法克制自己不想起那些可恶的记忆：在阴森森的大街上，被人像狗一样抽打着；笑嘻嘻的人脸后，都是邪恶的人心；在地狱中的感觉，他想撕碎！

他发疯一样地扯开右手上裹着的纱布，赤裸着血淋淋的皮肤。

他抓起签字笔，感受到的是撕心裂肺的疼痛。

就是这种感觉！

他在答题卷上胡乱涂抹。

离考试结束还有三十分钟时，可以交卷。

他没等到那时，就奔出了考场……

"各位，'战果'如何？"木禾端着一碟烤花生，走进深圳中学生文联会议室。

"成功了，"中学生文联学生副主席苗苏儿得意地左右手都伸出两个手指，好似一只螃蟹，"青春偶像级作家漫姐同意参与论坛，并且不收讲课费，只是想和我们中学生聊聊。不过，她有一个特别的要求……"

"什么要求？"子凡抓起一枚花生，忍不住问。

"她要坐头等舱。"

"批准。"木禾说。

"看看，看看。你们这些小女生崇拜的偶像就是经不住考验，这偶像就跟你们一样挑剔。还是我徐主管面子大，我们台湾著名诗人余老先生二话不说，就答应来深圳了，也不收讲课费。好怀念他的《淡水河边吊屈原》啊……"子凡将剥开的花生吞进嘴里，惬意地嚼着。

"哪里是看你的面子啊？是看准我们深圳中学生文联的声誉。"苗苏儿纠正。

"改天，我带你去深圳湾中学看看，就知道我面子有多大了。当我摇着一把诸葛羽毛扇飘然走过校园时，十个人中就有八九个向我行注目礼呢！我那面子，只是仅仅比木主席小一点而已。"子凡自豪地从背包中抽出羽毛扇，抚一下凌乱的羽毛，炫耀性地摇了摇。

"轩老师也同意来了。"尔雅说，"他说要到中学里走一走：'学者不能总封闭在象牙塔里，要和孩子们交流一下'。"

……

子凡把从食堂打的盒饭放在桌子角，从桔子的桌屉里抽出一张画报，铺在自己的课桌上。

"啊，你要干什么？"桔子拿手在子凡眼前晃晃。

"吃饭呀，中午我就在这里吃饭。借你一张纸当桌布。"子凡若无其事地把饭盒放在画报上。

"我没说要借你！"桔子恼怒地在子凡的脑门上拍了一掌，顿时呈现出一座"五指山"。

子凡无辜地望着她。

"噢，对不起，很疼吗？"桔子摸摸子凡的脑门，子凡点点头，她从子凡的桌上小心翼翼地抽出那张画报，然后一角一角地叠好，"这是《最女生》创刊号赠送的漫姐签名的海报，是限量版的，全国只有4万套……"

"我们深圳中学生文联办的那个论坛，漫姐也会参加。"子凡漫不经心地说着，打开饭盒。

"真的？！我找班长带我去看校园论坛！"桔子眼睛一亮，发现木禾还没从深圳中学生文联回来。

"不用麻烦木主席了，这点小事，就包在我徐主管身上了。到时，我带你去。"子凡一手拿着筷子，一手摇起了羽毛扇。

"你太伟大了！"桔子一把抱住子凡。子凡的眼睛呆呆地望着天花板，嘴巴朝天花板动动。

桔子又摸摸子凡的脑门："还疼吗？"

子凡把脸埋进饭盒里："不疼了。"

突然，他又抬起头，两眼放光："刚才上楼，我听见楼道里有人说木禾是校草。那既然木主席是校草，我是文学社社长助理兼中学生文联后勤主管，那也就是半个校草了，没错吧？"

桔子的脸上现出一个鄙夷的神情："别自恋了！"

教室里，响起了《同桌的你》：

"你是否也还会想起……"

不知为何，子凡的脸上突然呈现出文人的酸楚："许多年后，我们毕业了，你还会想起我吗？"

他的样子真滑稽，桔子忍不住笑了。

天黑了。

外面，是夜吧。

明天，是什么样子？

小松不知道。

一首音乐有很多符号，今天，应该就是休止符了。

他该恨谁？

你想恨一切，却没有力气。

入秋了，

就连深圳这座南国城市也有点冷。

他应该干点事情。

思绪不知该说是乱还是空，他想不出他该干什么。

他前面的茶几上放的是电视机遥控器，于是，他就打开电视。

电视上播着些无聊的广告，无聊至极的男男女女在无所事事地做着各种各样古怪的动作。

这样就可以增加 GDP？小松觉得这个世界非常可笑。

就像树没有理由地不能朝地下长。

一排简约的古筝音响起，爸说过，这个古筝音就是把古筝的几条弦从下到上拨下来发出的。

"沧海一声笑！"一排震撼力极强的音乐从电视机旁的一对"低音炮"袭来。

是挺老的一部电视剧《笑傲江湖》的主题曲，小松很少看武侠剧。

音乐中有种放浪的意味，音乐中传来几声很狂放的大笑，并非心虚的狂妄，而是笑得很有底气，淋漓尽致，笑得痛快！

　　　　"苍天笑，

　　　　　纷纷世上潮，

　　　　　　谁负谁胜出天知晓！"

好！谁负谁胜出天才知道！

　　　　"江山笑，

> 烟雨遥，
>
> 涛浪淘尽红尘俗事知多少。"

既然是俗事，就都由它们去吧！

笑，笑得好狂野！

小松大笑。

一切，都过去了！

"爸，送我出国吧。"小松拨通了爸爸的手机。

一抹傍晚的霞光散开在中学生文联的会议室，是纯正的红，血红，大红，中国红……

木禾递上一杯速溶咖啡，尚天拿汤匙搅了搅，杯中蒸出一缕雾气。"好似不错。"尚天吸了一下。

"天哥，新概念情况如何？"木禾又泡开一包速溶咖啡。

"新概念"是上海的《萌芽》杂志举办的"新概念作文比赛"的简称。

"为我祝贺吧，上海寄来入围通知了！"尚天做了一个很炫的"胜利者"的姿势，尚天就是喜欢这样个性张扬。

木禾往咖啡杯里加水。

"尚天，昨天我发短信问你喜欢什么颜色，你回答喜欢红色。我一直以为你会喜欢黑色呢。"尔雅的声音。

她怎么会知道尚天的手机号呢？

水加多了，溢了出来。

尔雅看到了，连忙递上一张纸巾。

"穿黑色衣服酷而时尚。所以你会以为我喜欢黑色，对吧？其实，我内心里是一个古典主义者。你看晚霞，我最爱的就是这种红。这次校园文化论坛会场的底色，要是红的就好了。以后我买了房子，一定要装修成红色风格的。在古代，只有帝王将相的院墙才是红的，这么想的话，我的审美观就俗气得很咯！"尚天喜欢自我调侃。

"这台电脑上的小黑框里的字有什么意义？"有时，尚天就像一个小孩子一样对新鲜事物很好奇。

"噢，是一个宣传柜，控制外面巨型显示屏上的标语。"木禾简单解释。

"'深圳读书月'，这些文字也太缺乏个性了。干脆，我建议，改成支持 tropical tree 乐队算了，帮我多拉几张票。"尚天乐呵呵地拍拍电脑，好似那台电脑是一个淘气的婴儿。

"天哥，拉票的事就包在我们身上了。你是我们的 Super Star!"苗苏儿甜甜地说，尚天总是很受女生欢迎。

"木禾，你们现在开始进行主持排练吧。"深圳中学生文联的许老师说。会议室的第一排坐了几位重量级的教育专家和嘉宾。其中，还有市文联主席。

"苗苏儿，上个星期让你写的主持稿呢？"木禾轻声问。

苗苏儿摇摇头。

"我们的主持稿还没写好。今天，我们先即兴主持。"木禾说。

"你们怎么搞的？都到什么时候了？后天论坛就开始了！这不是你们平常做活动胡闹，这是专项审批的市级战略性文化项目，市领导很重视这件事。"平常就一脸严肃的李老师非常不高兴。

"我们会尽快写完。现在，开始排练吧。徐主管，帮老师们添些茶。"木禾说。

排练还算成功，专家们满意地走了。

木禾轻轻关上门。

"苗苏儿，怎么回事？"他盯着苗苏儿。

"……哦，昨天我们作业很多，所以没写完主持稿。"苗苏儿摆摆手，一副无所谓的样子。

"我记得，你不只有一天的时间写稿。一共有五天的时间。这次，你不可原谅。现在，你到隔壁的活动办公室写稿，写不完不要回去！

我在这里等你写完！"木禾将咖啡杯重重地拍在桌子上。

苗苏儿低下头，从桌上拿起一本会议手册，眼圈红红地到隔壁去了，

"那么凶干吗？"尔雅拉拉木禾的胳膊。

"不为别的。她没完成任务，而且没有任何可以逃避的理由。"木禾从抽屉中找出一支笔，"现在，我们几个人研讨一下会议具体事项。"

窗外，是沉沉夜色。

弥漫在空气中的，是夜的黑色调，夜的迷醉，夜的幽静，夜的动感，夜的浪漫。

有多少个都市的夜不是迷人的呢？

当太阳照在地球的另一半时，地球的这一半就进入了华美的夜生活。

黑夜，是深南大道上纵横交织的车灯，是地王大厦尖顶射出的巡城光，是盐田港外明彻一夜的灯塔……

有人说，黑夜是半部历史，甚至 A·罗杰·埃克奇专门为它撰写了一部《黑夜史》。也许，黑夜这半部历史比白天的半部更有趣。

"大功告成，散会！"木禾宣布。

　　"我把表哥的车开过来了。雅儿，我送你回家。"尚天拍拍尔雅的肩膀，做了一个"go"的示意。

　　木禾感觉这句话非常刺耳。

　　可以说，极为刺耳。

　　他冷冷地斜瞟了尚天一眼。

　　尚天背对着他，没看到。

　　"小禾，要不要一起回去？"尔雅朝他招招手。

　　"不行，"木禾指了指隔壁，遗憾地甩甩手，"我要等苗苏儿写完稿，然后送她回去。我说过的，就不能违背诺言。"

　　"你呀，就是太倔，有时侯就自找苦吃。"尔雅轻轻点点他的鼻子，"好吧，那我们先走了。明天见。"她吹一下他的额发，笑了笑，露出皓白的牙齿。

　　"禾子，你们也不要走得太晚。我们走啦，拜拜。"尚天摇摇车钥匙，拉起尔雅。

　　"小禾，再见——"她在门边晃晃白皙的手掌，打了一个优雅的兰花指，随后就不见了。

　　子凡他们也走了，会议室内只剩下了木禾一个人。

　　木禾烦躁地挠挠头发。

屋子里的空气很闷，令人窒息。

他推开窗户，十一月带了凉意的晚风灌进屋子，闻到的，终究是夜的感觉。

黑沉沉的夜色似乎也能随风灌进这个开着灯的房间。

像倒带一样，他把刚才的几组镜头在脑海中回放了一遍。

每一个音节，每一个细小的动作，都是如此清晰。

可惜，这真的不是一组值得珍惜的镜头！

他只想忘记，

就像什么也没有发生过。

可是，难道这样就可以吗？

过去的，终究已经发生过。

明天呢？

他翻开手机盖，查找到电话簿中的"雅儿"，想按下"呼叫"键。

却不知该说什么。

苗苏儿终于从活动办公室走出来。木禾看了看手表，已经12点多了。

"走吧。"木禾说。

深圳的夜，也可以这般宁静。路边大大小小的商铺，都拉下了铁制的网格门。街边红红紫紫的商业灯，都黯了。细心静听，可以听见草丛中若有若无的窸窣声，是秋蛩，没想到它们也可以在这座庞大的城市里活着。

天边，是狼牙月，却没有《发如雪》的凄美。

木禾和往常不同，在路上一声不吭。

"我家就在这条路和前面一条街交叉的路口附近，你送我到那边就可以了。"苗苏儿写了几个小时的主持稿，心情却也不坏，自娱自乐地哼着 Tropical Tree 的音乐。

"尚天高中时是你们学校的吗？那你就是他学弟咯，应该挺了解他吧。"木禾觉得，苗苏儿话很多，"在我们学校，他是我们心目中的超级偶像，我们班的同学都爱听 Tropical Tree 的音乐，尤其喜欢听尚天的独唱。我同桌还说，自从看了尚天的诗以后，她就连漫姐的书也不看了。"

"哦。"木禾没看她，自顾自地向前走。

"对了，你知不知道关于他的一点趣闻轶事？八卦点的也好。比如，他有过几个女朋友？是怎么交女朋友的？是不是你们学校的女生都特别崇拜他？"苗苏儿在他身后喋喋不休。

他感到非常烦。

"喂，"苗苏儿碰碰他，"你要回答我的问题。"

"我和尚天不熟。"他没好气地说，他突然发觉苗苏儿这个女生很令人生厌，"到了吧？你家就在这里，你自己上去。"

"好的，那拜拜咯。对了，我们中学生文联过几天要不要举行一个宣传，支持一下尚天的 tropical tree 呢？"苗苏儿说话似乎没完没了。

"我看不必，尚天加入 tropical tree 乐队是他的个人行为，与我们无关，而且尚天也不是中学生文联的成员。"木禾转过头，手也没招，"再见。"

木禾快步走了几步，又慢下来。然后，走得很慢。

他又掏出手机，翻开手机盖。

在黑漆漆的夜色里，手机背光灯显得很亮，甚至有些刺眼。

同样的步骤，又找到标有"雅儿"的手机号码。

想按"呼叫"键，还是按不下。

明天，小松就要离开深圳了。

在出国前，他要给一个人留一封信。

他打开电脑显示器。

把什么都放下来的感觉，真好！

十一

他爱尔雅。

木禾自己很清楚。

并且，他也可以对自己这样说。

他还可以回想起，上小学时，在校广播站，他是广播站站长。那个时候，他们都不懂爱情，觉得"爱"是一件很恐怖的事情。

每天早上，正式广播前都要先放一段古典音乐。有一次，他拿给比他还要低一个年级的广播员一张 CD，让他播放第 3 首曲子。

他瞅了一眼 CD 背面，一下子就在椅子上笑得直不起腰，嘴里古怪地咕哝着"致爱、爱、爱丽丝……"

那首曲子是贝多芬的《致爱丽丝》，而不是《致——爱——丽丝》。

不过，就算是"爱"，也不应该被嘲笑吧。

他翻开《一个深圳的童话》扉页上的插画。

黛黑色的长发，黑宝石般亮晶晶的眸子，雪白的面庞，洁白的裙摆被海风吹成一条弧线。

非常写实。

用黑、白两种最纯的颜色描绘她就足够了。

画得真好。

尽管已经十一月，深圳天空中的太阳几乎垂直地将极具穿透力的阳光射下的感觉，还是热辣辣的。

晒得人的头皮发麻。

街上的行人不得不一年四季总拿一把伞，雨天时，避雨；晴天时，遮阳。

上地理课时，地理老师曾感叹："看看你们这些可怜的孩子，头发被紫外线烤成这样，你们当中有几个头发乌黑油亮的？"

拥有一头真正的黑漆漆的秀发的女生，在深圳湾中学，也就只有尔雅一人吧。

尔雅走进了会场，在论坛选手席上坐下。

暂时，木禾无暇顾及她。

"苗苏儿，你在这里等与会嘉宾签到。徐主管，你安排一下学生代表就座……"木禾在会场上忙碌地指挥。

从全国各地来了不少学生社团代表，其中，有许多是木禾外出活动时结识的旧交。

"Hi，木禾。没忘记我吧？"有人优雅地打了个响指，轻飘飘地说。

是俊男，不知怎么，他也来了。

"这边坐。"木禾示意。

俊男望着论坛选手席出神，轻轻摩挲一下侧脸，过了半晌，才在木禾的耳边嘀咕："那个女生你认识吗？好标致啊。"

"她是我女朋友。"木禾干脆地说。

此时，尔雅坐在尚天旁边，二人有说有笑。不知尚天说了什么话，尔雅在他的胳膊上轻轻打了一下。过了一会儿，尚天凑过去趴在她耳边，说着一些悄悄话。

木禾走过去，在尚天的桌前重重放下一杯水。

"谢谢，禾子。"尚天笑笑，表情一如既往。

论坛开始了。

"第一项，由副市长为本次论坛宣读开幕词。"

闪光灯如繁星般闪烁。

"咚。"

声音从选手席传来。

有人倒下了。

是尔雅。

全场皆惊。

尚天扶起尔雅的胳膊，把她往自己身上背。

"我来，我更强壮。"木禾斜刺过来，推开尚天，背起尔雅。

尚天随惯性向后仰，险些跌倒。

"子凡，你替我主持会议。"木禾说完后，背着尔雅冲出会堂。

尚天走下座位，紧跟其后。

尔雅白皙的面庞现在白得没有一点血色。

就像一张纸的颜色。

她的眼睑垂下，双眼紧闭。

伏在他的肩上，软绵绵的，一动不动。

很安静，就像睡着了。

对面，走过一条马路，就是人民医院。

木禾将全身的肌肉绷紧，拼命向前冲刺。

可以说，他是在飞驰。

尽管带着尔雅。

他不知自己为何拥有如此巨大的力量。

电线杆、路灯柱、斑马线、地砖，路边的绿化墙，街上相向和同向行走的人，人行道上摇起铃铛的自行车……通通被甩在后面。木禾的胸膛里，似乎有一种东西在爆发，如同一口沸腾的活火山。

满眼望去，他的四周，好似都燃烧着熊熊烈焰，火焰炙烤烧灼着他的全身。在一片火海中，他的目光只盯准前方一个逃生的洞口。

有多灼热的烈火他都不怕，纵然成灰。他只想拼其所有，甚至是一生，来保护他肩上的这个柔弱的女子，让她不受一点伤害。

只要能让她不受伤就好。

木禾的双脚用力踏击着地面……

尚天在他身后气喘吁吁地奔跑，揩下脸上大如豆粒的汗珠。

"禾子，你跑慢一点吧。这样你会受不了的！"尚天朝他喊。

木禾涨得血红的脸上呈现着肌肉扭曲的五官，他咬着牙，没说话。

他还在持续以百米赛跑的速度向前冲刺。

十一月的毒日头，直射在头顶，似乎可以把头发点燃。

如果不下雨，这座在中国南端海岸线上的城市一年四季都会像着了火一样。

今年，岭南大旱，已经有一个月没下雨了。

没有水汽的阻碍，过分强烈的阳光笔直地倾泻下来，把这座城市燃烧得异常躁动。

街道，都是干干的，滚烫滚烫的。

晒得人有些发晕。

"禾子，挺住，我们快到了。"尚天说。

木禾发疯一样地撞进医院大门。

一些奇怪的想法开始从四面八方，一点点，尔后是霹雳般地在木禾的脑海中炸响……

"不！！！"他疯狂地大吼，他的面孔扭曲变形，好似地狱中面容狰狞的魔鬼。

声音震响了静悄悄的医院。

"请你安静。我们会想办法的。"几个医生从木禾背上接过尔雅，一脸平静，看来他们对这样的场面已经习惯了。

尔雅被推入了急救室。

木禾瘫倒在急救室外的长椅上，眼前发黑。

"禾子，你没事吧？"尚天托起他的胳膊，把他扶起。

木禾疲软地耷拉着头，摇摇手。

周围的一切，都模糊了，虚虚的，像泡在水中无规则地一缕缕散开的颜料团。

红的，黑的，白的，好像没什么两样。

空间模糊了，时间也模糊了。

木禾想睡去。

在迷离的睡梦中，

只有她的影像还是清晰的，

栩栩如生。

她的容颜，她的微笑，她的体温，

如同昨日。

她如瀑的秀发在一张张不停切换的幻灯片中海浪一般起伏。

不远的远方，

就是海岸线。

海涛声一波波在耳畔轰鸣。

溶在心跳一样的涛声中的是她清朗朗的女声。

"是九月……"

而现在，是十一月了。

一股清流流进他的喉咙。

很清爽。

他睁开眼睛。

是尚天。

"禾子，你终于醒了，刚才我还很担心呢。"尚天从他嘴边拿走矿泉水瓶，拧上瓶盖，冲他笑笑，"看来只是轻微中暑，没什么大碍。"

一时间，木禾恍然不知自己身在何时，身处何地。

中暑？

木禾记得，他刚来深圳时，也是在十一月，他居然在一个月内中暑三次。

木禾特别容易中暑，而这座南海边的城市，又太热了。

"你们当中谁是她的亲属或者……"一个身穿白大褂的中年妇女从急诊室走出来。

"我是。"尚天一个箭步走上前。

"这边。"中年妇女指向隔壁的一个房间。

"尔雅肯定没事的。你在这里等一会儿，我去去就回来。"尚天转身，跟着中年妇女去了。

尔雅。

木禾一愣，直起身。

她现在怎么了？

木禾狠狠地用拳头砸着急诊室旁小房间的门："让我进去！"

门开了，尚天走出来，很随便地说："没什么事。尔雅今天早上没吃早餐，造成了低血糖，输几瓶葡萄糖就行了。"

尚天拍拍他的肩膀，笑笑，露出一排健康整齐的牙齿。

他觉得尚天笑得很难看。

哼，这也算笑？

笑得好假。

尚天推着木禾，从小房间走出来。

"她还要休息一会儿。不过，放心，你明天就能见到她。"尚天摆出一副学长的样子，"论坛上还有事，你是主持人，得先回去。有我在这里陪她就行了。"

木禾想反对，却找不到反对的理由。

论坛那边还需要他过去，收拾场面。

这里，确实得有人照顾尔雅。

木禾沉默了几分钟。

"好。"他终于开口，转身走了，头也不回。

医院外，是晴日里湛蓝的天空。

木禾走到洗手间的镜子前。

头发无精打采地贴在额头上，粘成一团；脸部充血，红红的，就像被打肿了一样；上衣邋遢地发皱，被凉凉的汗水浸在赤红的皮肤上。

样子真狼狈。

木禾拧开水龙头，把面部浸泡在水流中。

让冰凉的水把皮肤冷却。

脑海中却无端闪现出尚天在舞台上挥洒歌声、受万众关注的形象。

木禾悄悄地打开会场后门，溜进去，在观众席找了个空座位。

有人碰碰他的后背，回过头，看到的是俊男。

"我说，老兄，你们怎么会把这种人派上去？深圳中学生文联有那么多美女帅哥，不会就这水准吧？"俊男指指台上，怜惜地摸摸自己光洁的下巴。

主持台上，作为男主持人的子凡以童声化的腔调，结结巴巴地用台湾国语念着主持稿。

他看看手表，还有十分钟，论坛就结束了，换人已经没有必要。

一场本应精彩非凡的论坛就如此草草地走了个过场。

放眼望去，四周几千个座位的观众席已经出现了成行成行的大片空位。还在不断有一排排人站起身，拉开后门，向外走，应该是同一个学校的代表队。

如今，忙忙碌碌的论坛准备工作都成了过眼云烟。

现在，他恨尔雅，恨她的无知，恨她为什么在如此重要的一天早上随意地没吃早饭。

如果不是因为她，因为她的晕倒，一切，都不会是这样的。

他后悔自己为何要不顾一切地背她去医院，就让她晕倒在那里好了。

尚天不是喜欢她吗？不是想背她吗？

就让尚天背她去算了。

他不想管她。

现在，尚天正陪在她的病床前，不知在她耳边说着什么能让她高兴的甜言蜜语呢。

兴许，尚天在向她夸张地描述尚天是怎样把她背进医院的。

算了，就让她爱上尚天这个"大英雄"吧。

突然间，木禾觉得自己是天下第一号大傻瓜。

既然论坛的结果他已经不能挽回，他为什么不在医院里多留一会儿呢。

但现在，他真的不想看到她。

散会后，李老师找到木禾，脸上没有任何表情："木禾，上午的事情你知道了吧？我不想多说。一个与会选手晕倒，作为论坛主持人、作为深圳中学生文联的学生主席，你应当保持镇定，维持会场秩序，交由会务组具体处理这件事情。这不是你显示个人英雄主义的时候！你的做法带来了一连串非常不好的影响。

"这件事情暴露了一个本质性问题——你缺乏学生领袖的基本素质。我们已经讨论过了，基于此，你不再适合担任深圳中学生文联学生主席一职。你主动辞职吧，我们会另找合适人选。"

木禾点点头，走了。

正午的太阳，辐射的紫外线好强。

也不用撑伞，就让强烈的紫外线在头顶浇个酣畅淋漓。

木禾的侧脸晒得发烫。

短信铃声响了。

木禾找了一个树荫，取出手机。

雅儿："我现在没事了，尚天买了好多水果，我们在吃呢。论坛那边怎么样？别担心我，心情放轻松一些，还会是快乐的一天。明天见。"

心情放轻松？

怎么可能轻松？

木禾生气地将短信按了一个"删除"键，好像这样就可以将尔雅的影像从他心中删除。

现在，他该去哪儿？

马路对面，就是医院。走进医院，按上电梯，到 5 楼，穿过一条楼道，推开房门，就可以看见尔雅。

他最终决定不去。

算了。

今天是星期日，心情不好，就随便逛逛。

沿着东门老街，木禾走得很慢，完全没有他平时穿一双阿迪达斯，很有动感地走在校园小径的影子。

一个人逛街，有种奇怪的感觉。

从身旁或快或慢地穿梭而过的是形形色色的人：年少忧郁的青年，鹤发童颜的老者，穿了超短裙的女子，被皮夹克裹得严严实实的男士，勾肩搭背的情侣，三五一群唱着 rap 呼啸而过的少年……

闪过去就没什么印象了，都与他不相干。

街边，林立着大大小小的店铺，服装店、精品店、Rolex、鸿星尔克专卖店……激情四射的摇滚乐中传来干巴巴的"大甩卖、大甩卖……"不过，他什么东西都不想买。

有一个少妇慢悠悠地推过一个婴儿车。

　　差点撞上去。木禾及时反应过来，冲少妇笑笑。

　　婴儿车里的孩子大约只有六个月，眼睛一眨一眨，好奇地看着他。

　　尔雅似乎很喜欢婴儿。每次她看到这么大的小孩子时，都忍不住捏捏小家伙圆嘟嘟的腮。

　　他看着她那副很幼儿化的神情，感觉她比婴儿车中的小孩子还可爱。

　　每当这时，他就想摸摸她光滑的面颊。

　　他会不会显得更幼稚？

　　晚上，回到家，上网，打开电子邮箱，是木禾的习惯。

　　有一封新邮件。

　　这个邮箱地址挺眼熟，如果没记错的话，这封邮件来自小松。

　　打开——

木禾：

　　当你读到这封邮件时，我已经不在深圳了。

　　活了这么多年，认识的所有人中，你是最有意思的一个。我们本应该成为朋友。

　　我可能没有真正的朋友。有些事情，憋在心里，总想说出来，就说给你听吧，如果你不介意的话。

我的记忆从四岁开始。

我记事很晚，四岁前的事情我已经不清楚了。我记住的第一件事情发生在一个我也不知道名字的城市。

我不知道我的亲生父母是什么人，我好像一生下来就拿着一个锈迹斑斑的破碗，蹲在一个人行天桥上，在太阳的曝晒下晃着碗里的几枚硬币，度过一天。

有一个人（我忘记了他的面部特征）走过来，往碗里吐了一口痰，丢下一张脏兮兮的纸币，念了一句："小狗。"

从那天起，我知道了"狗"的另外一种意思，不仅指一种被主人牵着链子走的动物，还可以指像我这样活着的人。

就这样，我像一条狗一样活了八年。

麻木地活了八年。

八岁时，我在天桥下捡到了一本书，那本书叫《故事会》。刚开始，我不认识几个字，看着看着，我弄明白了上面的许多字。那些字支撑着我，支撑着我有勇气继续活下去。

有人说，最好的故事书就是哲学书。所以，我认为，这是一本哲学书，尽管许多人并不这么分类。

直到我十岁时的一天，一个中年人，也就是我现在的爸爸收养了我，把我带到了这座城市——深圳。从此，我不用像狗一样活着了，也再也没有人拿着鞭子抽打我，逼我交出一天乞讨的硬币了。

我不知爸爸为什么要收养我，但他确实是一个好人。他给了我优越的生活，给了我一个家。

这时，我才发现，自己曾在一个怎样的社会里度过自己的童年。

这个社会真的很丑陋，人与人之间，不过是利益关系的交换罢了。

直到十六岁时，我爱上了一个女生，我才发现这个世界并不都是那样子的。

其实，也有真爱。

不过，并不属于我这样内心丑陋的人，而是属于你。

说实话，我很嫉妒你，嫉妒你的优秀，更嫉妒你拥有尔雅。

我想尽一切办法想得到她。

开始，我以为只要能将你击败，我就可以得到她。可能是因为多行不义必自毙吧，我总是失败。后来，我想清楚了些，我就孤注一掷想通过数学竞赛使自己变得更强大，比你还强，通过增强我的影响力来赢得她的心。可我还是失败了。

总之，都过去了。我要到国外去用时间来医治我心灵的伤痛。

以后不要叫我德拉库拉，我不喜欢这种黑暗的名字。

还有一件事要说。你们在写深圳民生幸福指数调查报告时，电子图表是我绘制的，偷偷塞进去，你们都不知道。不过，小子，别得意，那不是看你的面子我才做的。是我不愿意看尔雅一个下午长时间趴在电脑前疲惫地做图表。

最终，还是成全了你小子。

尔雅是个好女孩，她是你的了，以后好好照顾她。

但是，若干年后，在能力上，我还想和你木禾比一比，我不服输！

你的朋友（如果你认可的话）：小松

这家伙，还是这脾气，木禾笑笑。

冲一个热水澡，他早早睡了。

睡梦中，他听到的是尔雅若有若无的呼吸，她惨白的面庞伏在他的肩上，她软绵绵的身体没有一丝颤抖。

眼前，是喷吐着烈焰的熊熊火海，灼热的火光炙烤着他的全身。他发疯一样地朝远处的一线青色的天空奔跑，为的只是他肩上的这个柔弱的女子。

他不顾一切……

他被自己的喊声惊醒了，醒来时，泪水已浸湿了枕头。十年来，这是木禾第一次哭。

哭，就肆意一些。他用手背拼命抹着从眼眶中如泉水般涌出的眼泪。

他想，如果他能预知昨天上午发生的一切，他还是会毫不犹豫地选择背起尔雅。

一定会的。

他走下床，从背包里掏出手机，翻到电话簿中的"雅儿"。

瞥一眼桌上的闹钟。

才 3 点钟，还是凌晨呢。

他笑了，合上手机盖，又哭了。

十二

尔雅趴在木禾耳边悄悄地说："小禾，我想在黄河岸边捐植一片树林，这是我的一个梦想。"

"然后——"木禾故意拖长了语调。

"你还不知道吗？"尔雅眨了眨水灵灵的大眼睛。

"然后找我捐款，在打我出书拿到的稿费的主意，没错吧？说吧，让我出多少'血'？"他刮了一下她的脸蛋。

"捐一亩树林需要 500 元钱，我已捐了四年。我是这样打算的，第一年，捐一亩林；第二年，捐两亩林……依此类推，一直进行下去。"

尔雅认认真真地说，"这种树林可以冠名的，我想了一个比较诗意的名字——木雅林，怎么样？

"同意，好主意。"他轻轻摩挲着她的头发，像一个顽皮的大男孩。

"如果……如果我有一天在这个世界上消失了，你也要继续捐植'木雅林'，一定啊。"

他捂她的嘴巴，激动地扑到她的身上："别乱说。乱说什么！你想折磨死我吗？我们都能活一百岁的！"

她抬起头，吻了一下他尖尖的下巴。

而时光、岁月，

谁又能说得清呢？

高考。

这是数以万计的学子学习奋斗十二年的终极目的，尽管木禾不这样认为。

但他也得面对这两个字。

当然，比起别人来，他可能要轻松一些，凭借一篇《东方文学的古典美在西化背景下的运用》，他通过了南京大学的自主招生选拔，得到高考20分额外加分。

木禾拧开男洗手间的水龙头。

无意间，扫了一眼墙上的镜子。

看到了自己。

他突然觉得自己很丑。

眉眼、鼻梁、嘴唇，都慵慵碌碌地耷拉着，毫无生气。

他洗了一把脸，然后用袖口擦干。

再看镜子。

还是觉得镜子中的那个人很丑而呆滞。

没办法，不痛快，不自信，自然会显得很丑。

可他确实自信不起来。

刚才上晚自习，公布了前一次数学模拟测试的成绩。满分 150 分，木禾 78 分，没及格。数学老师说过，如果数学及不了格，即使其他功课成绩再好，也很难上重点线。

而木禾的数学成绩只有一次及格过，那次还是在高二，他考了 91 分。

没办法。

他现在要去十班接尔雅，和她一起回家。

绝对不能让她看到自己这样一副样子。

他努力朝镜子里挤出一个微笑。

好似还是很难看。

尔雅在教室。

透过窗扉，她在温煦的荧光灯下的侧影如油画中的美少女，就如他初次见她的样子。

他轻轻地走过去。

她趴在课桌前，长长的头发披在大半个桌面。纤细的手指握着透明的圆珠笔杆，在打了红色横格的一叠信纸上一笔一画地书写着什么。

他凑过身，想偷看一眼。

太近了，他的面颊差一点触碰到了尔雅的鼻尖。

他的气息使他暴露了。

尔雅水汪汪的大眼睛盯着他的眼，很难判断她是不是要哭。她慌忙地把信纸塞进背包。

"怎么了？"他怕自己不知在无意间做了什么事情，惹他伤心。

"什么怎么了？"她站起身，反倒反问他，眼睛就像晴日里一样闪亮。

呵呵，都怪这荧光灯，容易造成错觉。

夜，借着微弱的灯光在眼睛中的折射，五颜六色就模糊了。

或者说，都化为了两色：深的化成了黑色，浅的化成了白色。

黑白两色，很单调，却很明晰。也许正是因为如此，这个时代的少年都喜欢看黑白两色的漫画。

昏暗的光亮下，她雪白的面庞竟如月色般皎洁。

他抚着她的肩，却并不说话。

静静地走，让心事随风流淌。

最美妙的夜，莫过于此。

他好像笑了。

路过那面玻璃幕墙，转过眼睛。

他确实笑了。

镜中的自己好似漫画里的男主角——开朗、英俊、简洁，身边有一个漂亮的女友。

他又笑了，打了一个很响亮的响指。

他送她到了楼下。

"等一下。"她说，从包里抽出厚厚的一叠纸，放到他手上。

展开，其实是一张纸，一张非常大的纸，他张开修长的手臂都无法将它完全打开。

白纸上的黑字，在黑暗中也格外清晰。第一行是："函数"，是她清雅的笔迹。

"回家再看吧。帮你写了一套数学复习方案，其中有许多例题，你要老老实实地按我说的做哦。"她帮他整理了一下衣襟，"你为我抄写了九百九十八首诗，我还你一张纸，不算多吧？"

九百九十八首，还差一首，会是什么呢？

"拜拜。"她摇摇手，一如昨日。

而后，看到的是她的背影。

他一个字一个字地读着这张带有尔雅掌心香气的纸。

这些字，仿佛是有生命。

催他不得不认真去读他们；不得不追求上进；不得不在深夜开着台灯，做一道道数学题，即使是在草纸上演算，也一笔一画地书写……

因为，在这张纸后，有一双眼睛在看着他。

是她的眼睛。

老任说：孩子们，老任我也是在炼狱一样的生活中经历过高三的，现在，该轮到你们了。

于是，发下了两套语文试卷。

英语老师说：两节课连起来上，反正你们已经体验过了，身体不会出问题的。

于是，命令一个高个子男生拔下了正在播放眼保健操的喇叭电源。

数学老师说：学数学，就等于做题。

于是，每天上课，都进行 25 分钟的小测验。

……

高三，就在这样机械化的生活中度过了。

而现在，最后一场考试的钟声从高音到低音响起，高考结束了。

高考结束了！

高中生活也结束了。

好多人奔出考场，将书包高高地抛起，希望能将这一个高中时代在肩上压了三年的包袱抛到六月灰蒙蒙的天空的尽头。

有人将矿泉水瓶中的水一饮而尽，抢着空水瓶，像幼儿园的顽童般在学校走廊边的护栏上霹霹啪啪地猛击，成了噪声的制造源。

还有几个在高中玩得很好的哥们脱掉上衣，在田径场上像当年一样狂奔。

还有……

有一个撕心裂肺的声音从教学楼顶狂暴地吼出："桔子，我爱你！！！"

教学楼下的人，纷纷驻足观望。

然后，听到的是哭，继而是嚎啕大哭。

"恐怕是等待了很久吧。"有个男生同情地说，竟然也跟着哭了起来。

"好汉！好汉！"一个"螳螂男"连连鼓掌，从口袋里掏出一封精心叠成四折，信皮写有"同心永存"四个大字的信，在人群中来来回回地找人。

桔子停下脚步，抬头极目望去。

教学楼顶，是她的同桌子凡提着一把羽毛扇孤独憔悴的身影。

桔子呆呆地用一只手托着腮，另一只手向上抬，揉起红红的眼睛。

这真是一段最美丽的时光。

我和小禾。

小禾总是默默地牵着我的手，什么话也不说。

这个男生就是这样，有时花言巧语，有时就沉默地如同今天多云的天空。

天空，是灰色的，灰蒙蒙一片。仔细观察，却又层次分明，就像爸爸喜欢的那种灰色木质地板。

拼成这一抹瓦灰色天空的云种可真多啊。有卷云、积云、积雨云、层云、卷层云……真的好多种，数也数不清。

云，是空气中的水汽凝成的，落下来就是雨滴。

我喜欢雨，当然不是那种将衣服浇透的台风雨。那天，刮台风、下暴雨，幸好有小禾在。

只是不知，我还能看几次雨滴，看几次雨花溅到窗棂上的美妙景致。

也许，他牵着我，不需要多说话，

我就会很幸福。

他牵着尔雅，默默地走，走到校园的一个角落。远处有一个钟亭，里面挂着一口钟，不过已经很久不用了。有这口钟时，这里还不是校园。据说，在文革时期，不允许青年男女自由恋爱，如果发现有人约会，就摇响这口钟，召集周围的村民赶来参加批斗会。

挺可笑。

他说：我背你。

她摇摇头，说：不用了，那样会很累。

他说：那天，我背着你跑了 500 米。现在，我就想背你一会儿。

他蹲下身。

她微微一笑，像小女孩般安静地趴在他的背上。

她的身体依然很柔软，而听到的是她均匀健康的青春的呼吸。

她的面颊贴在他的脖颈旁，她发丝间的香气侵入他的鼻腔。她说，那是六月的花香，是百合花的香气。

他的小腿，竟微微颤抖。

而心如鹿撞。

在钟亭，他把我抱在怀里，轻抚着我的头发。

他总是喜欢这样。

我看着他，看着他明亮的眸子，似乎含着说不完的甜言蜜语。这是一个羞于言语的多情的少年。

钟亭外，荒草离离。这些草，张着鲜绿的叶子，在大口大口地吞吃着阳光，快快乐乐地朝天空生长。

草儿，真的很惹人怜爱。

海风从教学楼前的海湾吹来，带着咸咸的味道，小禾说过，他最喜欢海风的气息。

小禾说：和我一起去江南吧，和我一起去南京。

从他将一把白纸扇递给我的那天起，我就知道他有一天会对我说这句话。

我点点头。

江南好美，我最爱南京。南京有秦淮河、1912 大街、新街口、中华门、紫金山。江南有摇曳的杨柳，有好看的桃花，有黛青色的山和水。江南有英俊潇洒的少年，有风流倜傥的少年，更有我爱的少年。

还有，还有美丽的枫叶。

就像小禾寄给我的那一片。

秋天时，我要小禾陪我到栖霞山，让他亲手帮我摘一片红胜火的枫叶。

我还要他再背起我，走一程山路。

他低下头，吻了我。

我没有拒绝。

这是他第一次吻我，也是我的初吻。

他的呼吸，拍打在我的脸上，是一种醉人的气息。

他把我抱得更紧了。

我一直在想，这辈子的很多事情，下辈子我们还能记住吗？比如，你的梦想，你的愿望，你爱的人，爱你的人。一切的一切，都还会一样吗？

不知有没有人看到我们。

就算看到，也没关系吧。

透过厚厚的云层，通过光的强度，我可以判断，现在已经是暮色，而且太阳已经压在了地平线上。

暮色虽好，却也只剩一襟晚照了。

不过，既然能留住今夕。虽是迟暮，又有何妨呢？

十三

木禾和尔雅商量好，等毕业聚会过后，他们就一起去南京，先在江浙一带玩一个月，然后一起上大学。

那就得先打点行李。

数码相机存储卡、登山运动装、指南针、防晒霜、夏日樱花果冻唇彩（尔雅的）……从东门到华强北，木禾拎着大包小包的东西，沉甸甸的。

他感觉自己像是一个家庭主男。

尔雅架着一副赤红色镜片的太阳镜，一身紧身黑衣，斜挎一个精致的银色背包,大步走在前面,好似《生化危机》的女主角演员米拉·乔沃维奇。

天哪,一位很酷的女士的背后总有一位狼狈而伟大的跑龙套的男士。

男人,就是这样。

对面走过来一位年轻的先生,手中的购物袋重得快要拖到人行道上了,这使他联想到尔雅一会儿再买一打旅游杂志后的情景……

尔雅朝他招招手。

原来是子凡。

子凡腾不出多余的手来,只得朝他们晃晃头。

子凡身后的"奴隶主",是桔子。

桔子朝他不好意思地摆摆手,转身,不见了。

木禾帮尔雅把大大小小的东西搬到家里。

她家客厅靠墙的一侧,整整齐齐地码了一座小书山。木禾走过去,翻开,发现全都是他的《一个深圳的童话》。

木禾疑惑地看着她。

"这是一百本书,要分别寄给一百所希望小学。帮你做点好事。"尔雅把他翻开的书小心砌起,指尖抚去书封面的纤尘。

他握住她的手，轻柔地抚摸她洁白的手背。

尔雅爸爸从厨房端出一盘水果，看看他们，笑笑，又转身小心地回到厨房了。

高考成绩公布了：木禾的分数进入南京大学的录取分数线绰绰有余，数学破纪录地考了134分；尔雅考了全校理科班第一名。

剩下的事情，就是填报高考志愿了。木禾知道，尔雅一定会填南京大学。

木禾还想核实一下，又觉得没必要，索性发了一条短信："你在干什么呢？"

很奇怪，她没有回复。

也没关系，晚上就是老高一（11）班的毕业聚会。

毕业聚会在南澳海滨的一家酒店举行，原因是当晚有台风在深圳东部的南澳半岛登陆。这是子凡提出的主意，说要在毕业之时感受一下暴风雨的洗礼。

得到了大家一致赞同。

不过，还没有谁敢于面对面去挑战正面登陆的强台风，于是干脆就决定在酒店里玩一个通宵——这座酒楼立在这里已经二十多年了，是接受过无数台风的质量检验的——隔壁有一家新建的酒楼就遗憾地被游客淘汰了，在上次台风登陆时被吹掉了一角屋顶。

下午六点钟，就响起了猎猎风声。空气中，泛着强烈的海腥气。

远方海与天相接处，积着浓重的墨黑色，像悬在山头的一砚墨池，随时可能会被风打翻，将山川染色。

那边，是台风眼的中心。

作为老班长，木禾早早就来到酒店，安排座位，招呼同学。至于助手，当然少不了子凡。

现在，子凡悠然地坐在一张太师椅上，跟围过来的几个男生讲着些达绝对零度的"冷笑话"，弄得一圈人的身上冒起鸡皮疙瘩，上牙与下牙打颤，连连不迭地埋头翻动点菜菜单。

忙了一会儿后，木禾觉得有点累，就到酒店外面走走，放松一下。

海风，还是那种味道，只是有点闷。

气压太低了。

老任向他远远招手，比以往显得更潇洒。

好家伙，这次带女朋友来了。

"木禾，叫师母。"老任像一个少年般奸诈地做了个鬼脸，"等你们秋天一开学，我们就已经结婚。坚守了十三年，都快破吉尼斯纪录了，你们这些小伙子也要好好学习学习。"

老任的女友在他肩上不轻不重地打了一下，老任夸张地把脸皱成一团。那个动作，使木禾不由地联想起尔雅。

她来了。

一袭浅蓝色的裙子随风舞动，恰如起伏的海浪。

海边，潮水涌动。

他毫不掩饰地冲上前，将她抱起。

"放下我吧。"她轻声说，外面光线很暗，他看不清她的面部表情。

他拉起她的手。

她默默地走着。

木禾把她拉到自己的座位旁。

她一声不吭，安静地沏上茶水，白皙的小手涮洗着碗筷、茶杯。

木禾刚欲开口。

"我要和桔子聊一会儿。"她说，把头转向旁边桔子的座位。

全班的老师、同学几乎都到齐了，只有小松缺席。

"我有一个重要的消息要宣布！"子凡将羽毛扇平放在胸前，从太师椅上站起，一副大义凛然的样子。

几十双惶惑不安的眼睛紧张地注视着他。

子凡深吸一口气，突然大声宣布："现在，桔子是我的女朋友了！"

啼笑皆非。

有人很不满意地摇摇头："这算什么新闻？你告诉了我们1+1，我们还不知道等于2吗？"

老任举起一杯酒，示意子凡："干杯！"

还没上菜，不断有人制造笑料，成为宴会的主角。直到所有的人都讲累了，笑够了。

一切，又安静下来。

木禾拍拍尔雅的肩膀，突然问："你填报了南京大学的哪个专业？"

他在等待一个好听的答复从她美丽的双唇中跳出来。

好像等了十几秒钟。

红得像血，白得像雪，黑得像乌檀木，她好似童话中的白雪公主。

"我报了深圳大学。"她说，尔后把脸转向另一边他看不见的地方。

她又和桔子开始聊天。

不可思议。

他从来没想到过。

"为什么？"他猛烈地摇着她的肩膀，像是要把她从椅子上摇下来。

旁边，有好多人在看着他。

"不为什么。放开我。"她甚至懒得解释。

她仍在继续和桔子的闲聊。

木禾放开她，双手有一种虚弱感。他头部有些发晕，喉咙好似被什么硬物梗住了，他在怀疑自己是否还在支配着自己的身体。

现在，他很恨他身旁的这个女生。

她和桔子谈笑风生的样子令他憎恶。

四周，湮没了杂音。

灯火下不断变换的影像死气沉沉。

就如同这个世界从来没鲜活过。

"尚天……"一个刺耳的声音扎进他的脑海，他的音觉感官在刹时间苏醒了。

"上午我和尚天去喝咖啡。尚天好幼稚，把冰块加进热腾腾的卡布其诺，还问我为什么冰块会溶解得那么快……"尔雅清亮的声音如碎金属敲在一起般动听，好听的声音里带着浅浅的窃笑。

尚天，在深圳大学。

一切，都清楚了。

他盯着她，她的笑容如同曾经和他在一起时一样灿烂。

"啪！！！"传来清亮亮的爆响。

声音真好听，就像一滴雨重重地敲击在屋檐上，然后把这种声音迅速放大了几千倍。

是一种清得让人颤抖的声音。

是瓷器化为碎雪的颤栗。

是一种破碎的美。

碎瓷如雪，撒在尔雅脚前。

那个少年说：你曾经为我扔了一个盘子，今天，还给你！

他的白衣，在剧烈地颤抖。

他的脸面，狂怒得让她认不出。

她一动不动，看着雪花一样的瓷片。

他走了，把两张一百元的钞票丢在桌上，说："算是赔偿费。"

老任、子凡他们连忙冲出去，可他跑得太急，已经不见了。

外面，是海滩。滩外，恶浪滔天。

　　说不清究竟是雨水还是从海面上腾起数丈的潮水，在狂暴的台风中如刀箭般地从海上打来。

　　风很大，酒店外正门的一株椰子树已经被摧倒了。

　　风、雨、浪已经混在一起，就连海岸线也看不清了。

　　在这种恶劣的天气下，天与地与海就被搅拌成了一团，发出仿佛从地狱中传来的咆哮。

　　在这里，几乎没有人敢于在这种险恶的暴风雨中出门。

　　木禾离开酒店，消失在暴风雨中。

　　尔雅撑起他送给她的油纸伞，要往雨里钻。

　　子凡紧紧抱住她，使她动弹不得。

　　她的面部，不知挂满了雨滴还是泪滴。原本白皙的脸蛋，比纸还要惨白。

　　老任掏出手机，拨通木禾的电话，却没有人接。

　　"班长身强体壮，又是校田径队队员，不会有事的。"桔子安慰她。

　　"你们在这里等。"老任撑开一把大伞，闯入风雨中。

　　可风雨模糊，往哪里找呢？

　　极目望去，全是风和雨。

十四

回到家后，木禾全身滚烫，倒头便睡。

梦里，心乱如麻。

雷鸣、闪电、暴雨、狂风、黑暗撕开一角天青色，在无边无际地蔓延……他想发出一声怒号，却喊不出声。

他被窒息的感觉折磨着。

在梦里，传来尔雅清朗朗的声音：

　　　　　"十六岁，

　　　　　　是秋天，

我又听见了海涛声，

这里的叶子却不会黄……"

动听的女声一遍遍反复交叠。

他想摆脱这种声音，却摆脱不掉。

因为那种声音来自他的心灵深处。

是在他心灵深处不断朗读着的声音。

他的头颅快要炸开了……

辗转、反侧。

木禾大病一场。

除了一日三餐外，他的大部分时间都是在昏昏沉沉的睡梦中度过的。

尔雅、子凡、桔子、老任、贝琦、郝连、苗苏儿……也许还有尚天，似乎都来医院看过他，但他已经记不清了。

记不清，也罢。

出院那天，他记清楚了，老任来看他。

是和女朋友（或者已经是他的妻子了）一起来的，还带了一篮水果。

老任郑重其事地对他说："现在，你病好了，我，你的老师，同时也是一个比你年长的男人可以批评一下你了。你知道你的所做所为使我们大家多担心吗？"

木禾沉默着。

老任转而又变成了一个大男孩，捂着肚皮笑得前仰后合："我前不久，才总算弄清了本次'木禾出走'事件的始末。都是因为尔雅，不是吗？"木禾没说话，算是默认了。

老任笑得更开心了："你这个小弟，真是好笑到了极点，'吃醋'吃出了一场病。不就是听到尔雅说她和尚天一起去喝咖啡吗？她和她表叔一起早上去喝咖啡不是很正常吗？"

原来如此。

木禾发觉自己并没有想象中那么聪明。

而是，挺愚蠢。

窗外，阳光射进来。抬头，好刺眼。

老任从口袋里掏出几张曝光过的照片底片："把这个放在眼睛前，对着太阳看，试一下。"

啊，底片背后红色的太阳竟然缺了一个口。

"小木啊小木，你确实是没福气。今天是 2009 年 7 月 22 日，如果不是因为你躺在病床上，现在就应该和尔雅在南京紫金山上看日全食了。在这里，你只能看个日偏食。"老任拍拍他的背。

日偏食，也很漂亮。

不过，要是和自己心爱的人一起，在山顶看大地在白昼无光的奇观，那更是一种浪漫的享受。

下一次日全食时，无论在世界上多遥远的地方，他都要带尔雅一起去。

"给，帮你买的。"老任递给他一张火车票，上面印着"深圳—南京"，"你作为南大重点培养的学生骨干，需要提前报到。你十八岁的暑假就这样结束喽，你下午就得和你小说中的主人公一样北上江南了。"

"还有，你也得尊重尔雅的选择，她希望留在这座城市。四年后，你木禾也得给我乖乖回深圳，这样才对得起她。是吧？"老任碰了碰女友，她微笑着点点头。

他喜欢这座海滨城市，这座城市有许多他喜欢的人，有他少年时代的梦想，更有他爱上的女子。

在这里度过数年时光后，他发觉，自己已经注入了这座城市的血脉，和它再也分不开了。

他一定会回来的。

这里，是他的家。

少年时代的结局，

几乎如同他写的小说。

2009 年 7 月 22 日是一个晴天，是一个典型的深圳夏日之晴。当下，已近暮色，太阳从西边的天空斜斜地照来，却并不是很烫。

天空中有云，由下向上一点点升起，云朵很厚，鹤雪白，是一朵巨大的砧状云，恰似《天空之城》城堡外的"龙穴"。

霞光下，极目望去，笔直的车轨穿越城市中大大小小的建筑，真漂亮。

可能是由于日全食的美景将大批出行的游人提前吸引到江南的缘故，今天，车站上人很少，正如那部动画片的结尾。

现在，全国许多家电视台都在同时热播国产校园青春动画片《一个深圳的童话》，收视率一路飙升，彻底击败同类日韩青春偶像剧，令中国影视动漫产业长出一口气。

远远地，木禾可以依稀听见 Tropical Tree 演唱的片头曲：

"十六岁，

是秋天，

我又听见了海涛声，

这里的叶子却不会黄。

我，

走过，

遇见了你，雅儿。

看见了你的眼……"

真好听。

细心去听，Tropical Tree劲爆的音乐声，台风呼啸着从大街小巷穿过的嚎叫声，雨点滴落在屋檐上的叮咚声，簕杜鹃在日光下绽开的噼啪声……无不告诉了他生活的真谛。

当然，还有那种清朗朗的声音。

这座城市，告诉了他许多、许多。

"那个女生，好漂亮，样子就像《一个深圳的童话》中的女主角。"有人在一旁小声说。

他抬起头。

是尔雅。

鞋跟敲打在水泥地上，发出清脆的响声。

她跑起来了。

长发被海风吹开，飘舞在空中，自在地舒展开。

雪白的衣襟，在风中晃动。

她笑了，一个明媚的笑容，胜过所有的朝阳与夕阳。

她，漂亮极了。

他冲上前，将她一把拦腰抱起，抱起在空中。

她笑得好迷人。

他递给她一本《一个深圳的童话》。

打开扉页：

<blockquote>

"十八岁，

是夏天，

江南枫叶未染色，

未染色，未凋零，

却已经，

放在了我心里。

期待着，

那一天，

还是在一个秋天，

我可以，

轻轻告诉你，

一切——"

</blockquote>

"这是抄给你的第九百九十九首诗，不是古诗，希望你喜欢。"他凑近她的耳朵。

"诗的最后一句是——我爱你。"

他吻了她。

汽笛长鸣，火车要出发了。

日食早已散去，霞光漫天，是一个绝美的黄昏。

"走吧。"我说。

"中秋节时，江南的枫叶就全红了。到时，你来南京，我带你去栖霞山看枫叶。"小禾蹲下身，抱住我，就像一个纯真的婴儿。

我点点头，答应了他。

只是不知，我这次会不会又失约。

也许，我又欺骗了他。

我不知道，我还能不能等到那个时候，我不知我还能等他几天，或许是一年，或许是一个月。

我不知道。

这可能是我见小禾的最后一面了。

医生说，我的脑细胞死得特别快。

那次晕倒，幸好小禾将我及时救起。即使如此，我的日子也已经不多了。

也许，我现在就该彻底离开他，让他忘记我。可是，这个内心如同婴儿般真诚的少年会死掉的。

我不愿意让他为我病倒，让他为我哭。

尚天说，当他看见我晕倒时，就像疯了一样。

我要让他相信我一直生活在这个世界上。

我在写信，写给未来的信，写到他可以淡忘我的时候。

每年，5 月 21 日他生日的时候，我会让尚天以我的名义寄给他。

我用笔手写，他不会怀疑的。

就这样吧。

是一个绝美的黄昏。

在东京，

我见过樱花。

四月，落花漫天。

生命最美之时，

就是花谢之时，

没有可遗憾的了。

　　木禾在火车上，看着窗外一行行向后倒退的风景，恰似他的少年
岁月。

　　包中滑出一张泛黄的白纸，上面有一首诗：

> "远上寒山石径斜，
>
> 　白云深处有人家。
>
> 　停车坐爱枫林晚，
>
> 　霜叶红于二月花。"

　　到时，枫丹露白，他一定上栖霞山，为她采一片最美的枫叶。

　　踏遍整个枫岭，一定要找到最美的那一片。

　　往事，一幕幕在木禾的脑海中上演。

　　这真是一个美丽的深圳的童话。

　　有着一个同样美丽的童话般的结局。

图书在版编目（CIP）数据

热带树 ／ 袁博著． —— 上海：上海文艺出版社，2019（2022.4 重印）
ISBN 978-7-5321-7258-0

Ⅰ．①热… Ⅱ．①袁… Ⅲ．①长篇小说-中国-当代 Ⅳ．① I247.5

中国版本图书馆 CIP 数据核字 (2019) 第 118519 号

书　　名：热带树

著　　者：袁　博

责任编辑：蔡美凤　朱崟滢

装帧设计：周　睿

责任督印：张　凯

出　　版：上海文艺出版社

出　　品：上海故事会文化传媒有限公司

　　　　　（201101　上海市闵行区号景路159弄A座3楼　www.storychina.cn）

发　　行：北京中版国际教育技术装备有限公司

印　　刷：天津旭丰源印刷有限公司

开　　本：889毫米x1194毫米　1/32　印张6.75

版　　次：2019年9月第1版　2022年4月第2次印刷

Ｉ Ｓ Ｂ Ｎ：978-7-5321-7258-0/I.5779

定　　价：38.00元

上海故事会文化传媒有限公司 出品（00884）www.storychina.cn

如发现本书有质量问题，请与印刷厂质量科联系 T:022-82573686